はとりは幼《おさな》なじみの利太《りた》に
一途《いちず》な女子高生《じょしこうせい》

寺坂利太《てらさかりた》

松崎《まつざき》はとり

ある日《ひ》、利太《りた》が突然《とつぜん》……

「俺《おれ》、安達《あだち》さんと
つきあうことにした」

「……は?」

「ヒロインは
あだじなのにぃ～」

「寺坂《てらさか》のヒロインの座《ざ》は
埋《う》まったんだよ」

「あたしは
邪道《じゃどう》ヒロイン
極《きわ》めてやんよー」

はとりちゃん

弘光廣祐《ひろみつこうすけ》

そんなとき、
学校《がっこう》イチのイケメン
があらわれ……

「オレが今《いま》すぐにでも
忘《わす》れさせてあげるよ」

利太《りた》…

夏休《なつやす》み、利太《りた》に連絡《れんらく》を

いっさいしないと決《き》めるはとり

そして花火大会《はなびたいかい》、

1ヶ月《かげつ》ぶりに会《あ》うことに——。

「あんまり、はとりの

ことからかうなよ」

「悪《わる》い男《おとこ》だねぇ。

オレなんかより、ずっとタチ悪《わる》い」

利太《りた》に告白《こくはく》したはとり。

しかし、利太《りた》が出《だ》したこたえは……

「……ほんとうに

おわっちゃったんだ、利太《りた》と」

「ありがとな、俺《おれ》なんかを

好《す》きになってくれて」

はとり、利太《りた》、弘光《ひろみつ》、それぞれの想《おも》いは……

はとりの運命の人《ヒーロー》は、利太《りた》？それとも弘光《ひろみつ》!?

ヒロイン失格

映画ノベライズ　みらい文庫版

幸田もも子・原作
松田朱夏・著
吉田恵里香・脚本

集英社みらい文庫

1. あたしがヒロイン!! ―― はとり

歩道橋《ほどうきょう》の上《うえ》で、空《そら》にむかってスマートフォンをかざし、雲《くも》の写真《しゃしん》を撮《と》っている男《おとこ》の子《こ》がいる。

彼《かれ》の名前《なまえ》は寺坂利太《てらさかりた》。

あたしと同《おな》じ、幸田学園高校《こうだがくえんこうこう》二年生《ねんせい》。この物語《ものがたり》のある意味《いみ》ヒーロー。

じっと画面《がめん》を見《み》つめてうなずく横顔《よこがお》もカッコイイ。

(満足《まんぞく》のいく写真《しゃしん》が撮《と》れてうれしいんだね。うんうん)

地味《じみ》な趣味《しゅみ》だけど、そんなところもステキ。

利太《りた》は、スマートフォンをポケットにしまい、今度《こんど》はイヤホンをひっぱり出《だ》して耳《みみ》に突《つ》っこむと、そのまま歩《ある》き出《だ》した。

無造作《むぞうさ》な髪型《かみがた》も、ブレザーの下《した》にフードつきパーカーって着《き》こなしも、ブサ男《お》ならヤバイけど、利太《りた》がやればぜんぜんOK《オーケー》。むしろ超《ちょう》イケてる。

「おはよー寺坂《てらさか》くん！」

同《おな》じ制服《せいふく》の女《おんな》の子《こ》たちが次々《つぎつぎ》に声《こえ》をかけてくる。今日《きょう》もモテモテだね。

でも利太《りた》は、おう、とかぶっきらぼうに返事《へんじ》をして、さっさと先《さき》を歩《ある》く。

そりゃそうよ。あんたたちはこの話《はなし》の脇役《わきやく》。ザコキャラ。エキストラ。

(そっちの彼女《かのじょ》は、どんなに色目使《いろめつか》っても、まったく認識《にんしき》されない当《あ》て馬役《うまやく》。こっちのあんたは、利太《りた》と目《め》が合《あ》っただけで満足《まんぞく》しちゃう通行人役《つうこうにんやく》だもん)


……え？　じゃああたしは何役《なにやく》かって？

決《き》まってんじゃん！


「利太《りた》！」

遠《とお》くから手《て》をふれば、利太《りた》はにっこり笑《わら》う。

「……おう」

ほーら。同《おな》じ「おう」でもさっきとはぜんぜんちがう声《こえ》よ。ほらほら、イヤホンだって取《と》ってくれる。

あたし、松崎《まつざき》はとりは、これから利太《りた》と結《むす》ばれる予定《よてい》のヒロインなの！

だって、利太《りた》がヒーローの物語《ものがたり》に、あたし以上《いじょう》にヒロインにふさわしい子《こ》っていないもん。

なんたって、幼《おさな》なじみなの。お・さ・な・な・じ・み。

利太《りた》のこと、だれよりそばで、ずーっと見守《みまも》ってきたんだよ？

そう。あの日《ひ》からずっと。


あ、あの日《ひ》っていうのは、あたしたちが小学校《しょうがっこう》の三年生《ねんせい》のときの話《はなし》ね。

初《はじ》めて同《おな》じクラスになったんだけど、最初《さいしょ》はけっこう仲悪《なかわる》かったのよ。

でも、ある日《ひ》の朝《あさ》、あたしが教室《きょうしつ》に入《はい》ったら、利太《りた》がクラスメートの悪《わる》ガキどもに囲《かこ》まれて、自分《じぶん》の席《せき》にうなだれて座《すわ》ってたの。

「なぁ、おまえんちの母《かあ》ちゃん、家出《いえで》したってマジ？」

今《いま》となっては名前《なまえ》も思《おも》い出《だ》せない男子《だんし》A《エー》は、そう言《い》って利太《りた》の顔《かお》をのぞきこんだ。

「家出《いえで》じゃねぇよ、カケオチだって！　うちの母《かあ》ちゃんが言《い》ってた！」

男子《だんし》B《ビー》が得意《とくい》そうにさけんだ。

よい子《こ》の読者《どくしゃ》のために説明《せつめい》すると、かけおちっていうのは、なにかの理由《りゆう》で結婚《けっこん》できない男《おとこ》の人《ひと》と女《おんな》の人《ひと》が、なにもかも捨《す》てていっしょに遠《とお》くへ逃《に》げていっちゃうことよ。

つまり、利太《りた》のお母《かあ》さんは、利太《りた》のこともお父《とう》さんのことも捨《す》てて、べつの男《おとこ》の人《ひと》と逃《に》げちゃったわけ。

「カケオチ!?　すげえ、ドラマみたいじゃん！」

男子《だんし》C《シー》もはやしたてる。

利太《りた》はずっとだまってたんだけど、いきなり勢《いきお》いよく立《た》ちあがって、自分《じぶん》が座《すわ》っていたイスを頭《あたま》の上《うえ》にふりあげたの！

「うわぁー！　利太《りた》がキレた！」

「なんだよ、ホントのこと言《い》っただけじゃん！」

わらわらと教室《きょうしつ》から逃《に》げ出《だ》す男子《だんし》A《エー》B《ビー》C《シー》を、利太《りた》はイスをふりかざしながらおいかけようとした。

あたしは思《おも》わずその前《まえ》に飛《と》び出《だ》す！

「やめねぇか！　利太《りた》！」

目《め》を見《み》ひらく利《り》太《た》に、あたしは言《い》って聞《き》かせたの。

「ほっときな！　あんな奴《やつ》らダチでもなんでもねぇ！」

……ちなみに、なんでこんなしゃべり方《かた》かっていうと、このころ『ごくせん』のヤンクミにハマってたからなんだけど。

あ、『ごくせん』知《し》らない？　任侠集団《にんきょうしゅうだん》の家《いえ》で育《そだ》った女《おんな》の先生《せんせい》が主人公《しゅじんこう》の学園《がくえん》ドラマなんだけど、くわしくはお母《かあ》さんに聞《き》くか、ネットで検索《けんさく》してみてね。

「利《り》太《た》……よく聞《き》きな……どんなときだって、あたしはアンタの味方《みかた》だよ」

ドヤ顔《がお》であたしは言《い》った。まあ自分《じぶん》に酔《よ》ってただけなんだけどさ。

でも、そしたら利《り》太《た》は――泣《な》き出《だ》したの。

ぽろぽろぽろって涙《なみだ》をこぼして。

あたしの胸《むね》は、きゅん！　となった。

あたしはずっと、自分《じぶん》のこと守《まも》ってくれるような人《ひと》にあこがれてたんだけど、このとき、利太《りた》のこと、守《まも》ってあげたいって思《おも》った。

そして、その気持《きも》ちは——成長《せいちょう》とともに、恋《こい》へ、愛《あい》へとかわっていった……。


「ならさっさと告《こく》ればいいじゃん」

学食《がくしょく》でランチを食《た》べながら、中島杏子《なかじまきょうこ》が言《い》った。

こいつはあたしとも利太《りた》とも小学校《しょうがっこう》からずっといっしょの幼《おさな》なじみ——いや、その言葉《ことば》は利太《りた》以外《いがい》には使《つか》いたくないな。そう、腐《くさ》れ縁《えん》ってやつよ。

「フッ。おろかなる中島《なかじま》、略《りゃく》してオナカよ。わかっとらんね、ラブストーリーのセオリーが」

「は？」

「主人公《しゅじんこう》が真実《しんじつ》の愛《あい》、トゥルーラブに気《き》づくまで、ヒロインはがっつかない……それが王《おう》道《どう》パターン！」

おろかなる中島《なかじま》は、うんざりした顔《かお》で肩《かた》をすくめる。

「んな事言《ことい》って、だれかのものになっちゃって後悔《こうかい》しても知《し》らないよ」

「え、やだ、もしかしてジェラスィ〜ですかぁ？」

利太《りた》がだれかのものになるなんて、そんなことあるわけないじゃん、と、あたしが笑《わら》ったそのとき。

ガッシャーン、と、なにかが落《お》ちる音《おと》がした。

ふりかえると、となりのテーブルの端《はし》に、うちの学年《がくねん》で有名《ゆうめい》な不良男子《ふりょうだんし》、ヒロシとトオルが立《た》っている。

ふたりに囲《かこ》まれるようにして、地味《じみ》なメガネ女子《じょし》が座《すわ》り、じっとテーブルの上《うえ》のトレイを見《み》つめてうつむいていた。

「あのメガネっ娘《こ》、うちのクラスの……」

しゃべったことないけど、安達《あだち》さん、だったような。下《した》の名前《なまえ》は知《し》らないけど。

ショートボブ、というより「おかっぱ頭《あたま》」という呼《よ》び名《な》が正《ただ》しい、前髪《まえがみ》パッツン真《ま》っ黒《くろ》な髪《かみ》に、小《ちい》さい目《め》。どことなくいじられ系《けい》の芸人《げいにん》っぽい。

安達《あだち》さんのトレイの上《うえ》にはなにも載《の》っていない。でも、ラーメンの具《ぐ》と汁《しる》がこぼれてぬれている。どうやら不良《ふりょう》どもがぶつかったかして、どんぶりごと床《ゆか》に落《お》っこちたらしい。

「安達《あだち》さん、ごっめーん」

トオルがわざとらしくあやまる。

「今拾《いまひろ》ったげるねぇ」

ヒロシも言《い》い、床《ゆか》にかがみこんだ。そして素手《すで》で、ラーメンの麺《めん》をつかみあげ、安達《あだち》さんのトレイの上《うえ》にだらだらと盛《も》っていく。

わざとだ。

どう見《み》てもわざとぶつかって、いやがらせをしているのだ。

「なんだあれ」

「タバコ吸《す》ってるとこ、安達《あだち》さんにチクられたらしくて、こないだからからんでるっぽいよ」

中島《なかじま》がこそこそとささやいた。

学食《がくしょく》がシーンとなる中《なか》、ヒロシとトオルはどんどんラーメンをトレイの上《うえ》に盛《も》りあげる。

「はい食《く》って。のびちゃうよ」

「ア・ダ・チ！　ア・ダ・チ！」

ついに手拍子《てびょうし》ではやし立《た》て始《はじ》めた。あたしは思《おも》いっきりイスをけって立《た》ちあがった。

「やめなさいよ！　あんたたち！」

……と、さけんだつもりで口《くち》を動《うご》かす。実際《じっさい》にはさけんでないですごめんなさい。

「ア・ダ・チ！　ア・ダ・チ！」

だれもとめる人《ひと》がいないので、トオルたちはテンションあげて騒《さわ》ぎまくる。安達《あだち》さんはこわばった顔《かお》でじっと、山盛《やまも》りホコリまみれの麺《めん》を見《み》つめている。

「くっだらねぇ」

そのとき、聞《き》き覚《おぼ》えのある声《こえ》がした。

トオルたちがふりかえる。そこに立《た》っていたのは、定食《ていしょく》のトレイを持《も》った利《り》太《た》だった。

「ちょっと、利《り》太《た》、だめだよ空気読《くうきよ》んで！」

と、あたしはまたまた小声《こごえ》で言《い》った。だがそれは利《り》太《た》には届《とど》かなかったようだ。まああたりまえか。

「あ？　おまえ、今《いま》なんつった？」

トオルにすごまれても、利太《りた》は表情《ひょうじょう》ひとつかえずに言《い》い放《はな》つ。

「くだらねぇ、ガキかよ。バーカ、つった」

「てめぇ！」

利太《りた》につかみかかろうとするトオルとヒロシ。きゃーっ！

だが、そのふたりの手《て》は、うしろから伸《の》びた太《ふと》い二本《ほん》の腕《うで》でつかみとめられてしまった。

「困《こま》りますよ、お客《きゃく》さん」

渋《しぶ》い声《こえ》でふたりをとめたのは、この学食《がくしょく》の名物《めいぶつ》オヤジだった。元《もと》プロレスラーだとか力士《りきし》だとかのウワサがある、超《ちょう》コワモテかつガチムチの。

「飯《めし》は静《しず》かに食《く》うもんだ」

「放《はな》し、て!?」

オヤジは軽々《かるがる》とヒロシとトオルのえり首《くび》をつかんで持《も》ちあげると、廊下《ろうか》へと去《さ》っていった。

でも、あたしの目《め》には、そんなオヤジなんかもう、うつっていない。あたしは身《み》をのり出《だ》して、中島《なかじま》に言《い》った。

「オナカ！　見《み》た!?　利太《りた》の勇姿《ゆうし》を！」

「助《たす》けたのオヤジじゃん」

卵焼《たまごや》きを口《くち》に放《ほう》りこみながら中島《なかじま》は言《い》うが、あたしには聞《き》こえないからね。

「昔《むかし》からああいう、地味《じみ》で浮《う》いてる子《こ》ほっとけないんだよねぇ、利太《りた》は。やさしさダダもれちゃってるよねぇ」

今《いま》も利太《りた》は、みんなが避《さ》けている安達《あだち》さんのむかいの席《せき》に座《すわ》り、なんだかんだと話《はな》しかけている。

「いる？」

定食《ていしょく》のえびフライを箸《はし》でつまんで、安達《あだち》さんに差《さ》し出《だ》している。安達《あだち》さんラーメンだめにされたもんね。やっさしぃー。

「……私《わたし》みたいなのとしゃべらないほうがいいですよ……」

なんだそりゃ。ありがたく受《う》けとっときなよ。暗《くら》い女《おんな》だぜアダチ。

「トマトもやる。俺《おれ》きらいだから」

「え、あの」

「あ、肉団子《にくだんご》はダメだかんな」

「じゃなくて、私《わたし》といるとイメージが悪《わる》くなります……」

ホントだよ。もうかまわなくたっていいじゃんこんな女《おんな》に。

「アホくさっ。人《ひと》の目《め》なんてどーでもよくね？」

利太《りた》は、ふんっ、と鼻《はな》で笑《わら》い、それから安達《あだち》さんの胸《むね》を指《ゆび》さした。

「なると」

「？」

ラーメンから飛《と》んだなるとがひとつはりついていた。

安達《あだち》さんは真《ま》っ赤《か》になりながら、なるとをはがしている。

「いい雰囲気《ふんいき》じゃん、あのふたり――いいの？」

中島《なかじま》がいじわるそうに言《い》った。

でも、あたしは、ははっ、と笑《わら》い飛《と》ばしちゃうもんね。

「いいんじゃないのー。しょせんは彼女《かのじょ》、脇役《わきやく》でしょ？　おかっぱメガネのいじられ系《けい》にヒロインは負《ま》けたりしないの！　最後《さいご》に勝《か》つのはあたしッ!!」

そうよ！　あたしが！　この話《はなし》のヒロインよ！

2. ヒロイン失格《しっかく》!? ―――― はとり

……と、思《おも》っていたのに。

信《しん》じられない言葉《ことば》を利太《りた》の口《くち》から聞《き》いたのは、その日《ひ》の夕方《ゆうがた》のことだった。

「……は？　え？　なんて？　よく聞《き》こえなかった」

放課後《ほうかご》のくつ箱《ばこ》ロッカーのところで、利太《りた》が頭《あたま》をかく。

「だから、俺《おれ》、安達《あだち》さんとつきあうことにした」

「……は？　は？」

安達《あだち》さん？　あの地味《じみ》メガネおかっぱ娘《むすめ》？

「告白《こくはく》されたし。なんかいい人《ひと》そうだから」

ちょっと待《ま》って、なに言《い》ってるのかわかんない。

何秒間《なんびょうかん》かフリーズしたあと、あたしはやっと気《き》を取《と》りなおした。

「あ！　そうか、わかった！　あれでしょ!?　地味《じみ》で浮《う》いてる子《こ》に告《こく》られてことわれなかったんだ！」

そうか！　それだよね!?　やさしいな利太《りた》!!

「たしかに！　号泣《ごうきゅう》されたり、不登校《ふとうこう》とかなったら困《こま》るしね！　人助《ひとだす》けだよね！」

ひとりウンウンとうなずくあたしを放《ほ》ったらかしにしたまま、利太《りた》は自分《じぶん》のロッカーをあける。

「……!?」

そのとたん、利太《りた》のロッカーからこぼれ落《お》ちたのは、たくさんのゴミだった。

泥《どろ》まみれになった利太《りた》のローファー。

その上《うえ》に盛《も》りあげられた、だれかの食《た》べ残《のこ》しの焼《や》きそばパン。

丸《まる》めて突《つ》っこまれていた紙《かみ》に「寺坂死《てらさかし》ね」と書《か》いてあるのが見《み》えた。

「あれぇ～どうしちゃったのかなぁ？」

笑《わら》い声《ごえ》がうしろからした。

ふりかえると、昼間《ひるま》の学食《がくしょく》のふたり。ヒロシとトオルがニヤニヤしながら立《た》っている。

「中《なか》からゴミがいっぱいだ、うぇーん、なんちってー」

なんだこいつら！　おまえらが犯人《はんにん》か！　昼間《ひるま》の仕返《しかえ》しかよ！

「サイテー！」

今度《こんど》はほんとうにさけんだけど、ぎろりとにらみつけられる。すいませんごめんなさい。

「はとり、相手《あいて》にすんな」

利太《りた》がかばってくれた。やさしい。

「相手《あいて》にすんな、だってぇ」

「びびってんのは自分《じぶん》じゃないの、寺坂《てらさか》くーん」

ヤクザ映画《えいが》のチンピラみたいな顔《かお》で、ヒロシとトオルがじりじりとせまってきた。

「はとり、いこう」

利太《りた》はふたりを無視《むし》して歩《ある》き出《だ》そうとする。

「でもクツが」

「うわグツで帰《かえ》りゃいいだけのことだろ」

ごめん、利太《りた》。ほんとうはこんなやつらなぐってやりたいけど、あたしには無理《むり》……。

利太《りた》は、でも、わかってるよ、というようにほほえむ。

そうだよね。利太《りた》はいつでもあたしのこと、わかってくれるよね。

あたしも、いつだって利太《りた》の味方《みかた》だよ。

不良《ふりょう》ぶんなぐることはできないけど、心《こころ》の中《なか》ではいつも利太《りた》のこと思《おも》ってる。

……と、あたしがひとりでうっとりしていたら。

「ちょっと待《ま》てよ」

ヒロシの手《て》が、利太《りた》の肩《かた》をつかもうとした。

と、そのとき。

ロッカーの陰《かげ》から、だれかがものすごい勢《いきお》いで走《はし》り出《だ》してきた！

ドーン！　と、ヒロシとトオルがふっ飛《と》ぶ。

「あ、安達《あだち》さん!?」

それはまちがいなくおかっぱメガネの安達《あだち》さんだった。

「ぐはっ！」

「なにしやがんだ、このドブス!!」

立《た》ちあがってにらみつける不良《ふりょう》の前《まえ》に、安達《あだち》さんは両手《りょうて》を広《ひろ》げて立《た》ちふさがる。

「な、なぐるなら、どうぞ！」

その顔《かお》は真《ま》っ青《さお》で、声《こえ》はふるえていた。安達《あだち》さんはさらにさけんだ。

「でも……寺坂《てらさか》くんに手《て》を出《だ》したら絶対許《ぜったいゆる》さない！」

そのとき、利太《りた》が息《いき》をのんだのがはっきりわかった。

「だれかぁ！　ケンカでーす!!」

廊下《ろうか》のほうから男子《だんし》の声《こえ》がした。

それに呼《よ》ばれたように、熊《くま》のような影《かげ》が……。

「困《こま》りますねぇお客《きゃく》さん～！」

バキバキ、と指《ゆび》を鳴《な》らしながら近《ちか》づいてきたのは、学食《がくしょく》のオヤジだった。

「やべっ」

ヒロシとトオルはあわてて逃《に》げ出《だ》した。

オヤジが全速力《ぜんそくりょく》でそれをおいかけていく。

「た……助《たす》かったぁ……」

あたしはやっとホッとして、利《り》太《た》に笑《わら》いかけた。

……あれ？

ちょっと待《ま》って？　なんで利《り》太《た》、安《あ》達《だち》さんと見《み》つめあってるの？

なんか、バックにお花《はな》とか飛《と》びそうな感《かん》じなんですけど？

「こわかったぁ……」

緊張《きんちょう》が切《き》れたのか、へなへなと座《すわ》りこんだ安《あ》達《だち》さんに、利《り》太《た》が声《こえ》をかける。

「あほ、なにしてんの」

「勝手《かって》に体《からだ》が動《うご》いちゃって」

なによなによ……また見《み》つめあってる。

「無茶《むちゃ》すんなよ……迷惑《めいわく》」

「うん、わかってる」

あっ、なに、そんな、手《て》を取《と》って助《たす》け起《お》こしたりとか！

「はとり。俺《おれ》、今日《きょう》は安達《あだち》さんと帰《かえ》るわ」

「……えっ!?」

絶句《ぜっく》するあたしをその場《ば》に残《のこ》し、ふたりはよりそうようにして外《そと》へ出《で》ていく。

「えっ、えっ？」

あたしはあわててふたりをおいかけて飛《と》び出《だ》した。

でもふたりは仲《なか》よさそうに肩《かた》をよせあって、どんどん歩《ある》いていく。

あたしのほうなんか、もうふりかえることもしない。

「……なんで？」

どういうこと？

安達《あだち》さんが、脇役《わきやく》のくせにでしゃばるから、話《はなし》がおかしくなってきてない？

でも——さっきの安達《あだち》さんの行動《こうどう》。セリフ。

『寺坂《てらさか》くんに手《て》を出《だ》したら絶対許《ぜったいゆる》さない！』

すごく——ヒロインっぽくなかった？

まさか、安達《あだち》さんが、利太《りた》のヒロインなの？

じゃあ、なにもせず、ぼさーっとつっ立《た》ってたあたしはなに？

「……ヒロイン、失格《しっかく》じゃん」

3. 王道《おうどう》ヒロインVS《バーサス》邪道《じゃどう》ヒロイン――中島《なかじま》

「オヤジ、おかわり」

だるそうな顔《かお》で、氷《こおり》の入《はい》ったグラスをくるくるまわしているはとりを、私《わたし》、中島杏子《なかじまきょうこ》はとなりの席《せき》で見物《けんぶつ》していた。

本人《ほんにん》は、オシャレなバーで失恋《しつれん》の傷《きず》を癒《いや》している美女《びじょ》のつもりらしいけど、そもそもこはうちの高校《こうこう》の学食《がくしょく》である。

「麦茶《むぎちゃ》で酔《よ》っ払《ぱら》えるとかお手軽《てがる》だな」

私《わたし》がつっこむと、はとりはテーブルに泣《な》き伏《ふ》した。

「ナガジマ〜!! 飲《の》まなきゃやってらんないよ〜!! この一週間《いっしゅうかん》、拷問《ごうもん》されっぱなしなんだからよぉ!!」

まあ、はとりがやさぐれるのも無理《むり》はない。

おつきあいを始《はじ》めた寺坂《てらさか》と安達《あだち》さんは、この一週間《いっしゅうかん》、どこの少女《しょうじょ》マンガだ!? というような、ベタベタのラブラブっぷりを見《み》せつけてくれていた。

安達《あだち》さんの手《て》づくりお弁当《べんとう》を仲《なか》よく食《た》べて、寺坂《てらさか》のほっぺたについたご飯粒《はんつぶ》を安達《あだち》さんがつまんで取《と》ってあげたり。

安達《あだち》さんのメガネを、寺坂《てらさか》がふざけて取《と》りあげて、

「お、意外《いがい》とかわいい。そっちのほうがいいじゃん」

なーんて言《い》って、安達《あだち》さんが真《ま》っ赤《か》になったり。

はとりはそれを、遠《とお》くから、鬼《おに》のようなというか、ゴリラのようなというか、とにかくすさまじい顔《かお》をして見《み》ているしかできなかったわけで。

「くっそぉぉぉぉぉ！　あの泥棒猫《どろぼうねこ》が！」

どんっ！　とテーブルをたたくはとり。私《わたし》は冷《つめ》たく言《い》う。

「もともとアンタのもんじゃないからね」

ヴバァァァァ、と汚《きたな》い泣《な》き声《ごえ》をあげるはとりの前《まえ》に、オヤジが麦茶《むぎちゃ》を注《つ》ぎ足《た》したグラス（というか、ようするに学食《がくしょく》にそなえつけのガラスのコップ）をドンと置《お》いた。

「飲《の》んで忘《わす》れろ」

ノリのいいオヤジだ。

はとりは言《い》われたとおり、その麦茶《むぎちゃ》（本人《ほんにん》は多分《たぶん》、ブランデーとかウイスキーとか、なんかそんなお酒《さけ》のつもり）を、ぐーっとイッキに飲《の》み干《ほ》した。

「ごんなのおがじいよぉ！」

「だから言《い》ったじゃん。後悔《こうかい》してもしらないって」

「……ヒロインはあだじなのにぃ～」

ぐだぐだ言《い》うはとりに、さすがに私《わたし》もガマンの限界《げんかい》がきた。

「あのねぇ、よく聞《き》きな？　安達《あだち》さんはちゃんと『告白《こくはく》する』っていう、いわばオーディションを受《う》けて、合格《ごうかく》したわけ。そして寺坂《てらさか》のヒロインになったの」

「は？　じゃああたしは？」

「あんたは、オーディションも受《う》けずに、自分《じぶん》をヒロインとカンちがいしてる劇団研修生《げきだんけんしゅうせい》！」

「！！！！」

ぼうぜんとしているはとりに、私《わたし》は指《ゆび》を突《つ》きつけた。

「そんな脇役《わきやく》以下《いか》のやつに、舞台《ぶたい》に立《た》つ資格《しかく》はなぁぁぁい！」

どうだ。いい加減《かげん》に目《め》を覚《さ》ましたか。このバカめ。

「寺坂《てらさか》のヒロインの座《ざ》はもう埋《う》まったんだよ。だからアンタも、さっさとあきらめて、自《じ》分《ぶん》がヒロインになれる新《あたら》しい恋《こい》を……」

しかし、はとりのやつは、一瞬《いっしゅん》だけうつむいたかと思《おも》うと、いきなり笑《わら》い出《だ》した。

「フ、フ……フハハハハ……！　冗談《じょうだん》はよし子《こ》さんだよ、おろかなる中島《なかじま》さんよ」

だからその呼《よ》び方《かた》やめろって。

「ヒロインの座《ざ》が埋《う》まってんなら、そんなん奪《うば》いかえすのみじゃん！　安達《あだち》さんが王道《おうどう》ヒロインだってんなら、**あたしは邪道《じゃどう》ヒロイン極《きわ》めてやんよー！**」

「なによ邪道《じゃどう》ヒロインって!?」

そんな言葉《ことば》はこの世《よ》にはない！

「それってただの悪役《あくやく》だよ！」

だが、はとりは聞《き》いちゃいなかった。

「あいにくあたしは自分《じぶん》のことしか考《かんが》えてないからね！　どんな手《て》を使《つか》っても、安達《あだち》さんから利太《りた》を取《と》りもどすんだから!!」

フハハハハハ！　と、また悪役笑《あくやくわら》いをぶちかますと、勢《いきお》いよく学食《がくしょく》から飛《と》び出《だ》していく。

出口《でぐち》のところで思《おも》いっきりだれかにぶつかっていたけど。

「…………」

もしかして読者《どくしゃ》の皆《みな》さんの中《なか》には、ここまで読《よ》んで、はとりのことを、なんてイヤな女《おんな》なんだ！　と思《おも》った人《ひと》もいるかもしれない。

でも、一応《いちおう》長年《ながねん》の友人《ゆうじん》として言《い》っておくと、あいつはただひたすらにバカで、思《おも》いこみがはげしいだけなんである。

なので、そろそろあきれてるとは思《おも》うけど、もうしばらくつきあってやってほしい。

見《み》てるぶんにはおもしろいと思《おも》うので——たぶんだけど。


次《つぎ》の日《ひ》、私《わたし》が図書室《としょしつ》で歴史《れきし》の宿題《しゅくだい》を片《かた》づけていると、不自然《ふしぜん》に大《おお》きなカバンをかかえたはとりが入《はい》ってきた。

きょろきょろとなにかをさがしている。

(ははぁ……)

安達《あだち》さんをさがしているんだな。

その安達《あだち》さんはさっきから窓《まど》ぎわの席《せき》で、熱心《ねっしん》になにか調《しら》べものをしている。

はとりは、カバンをかかえたまま、ずんずんとおおまたで歩《ある》いてきて、安達《あだち》さんのとなりの席《せき》に、ずしん、と座《すわ》った。

「となり、いい?」

座《すわ》ってから、いい? もないだろうが。

「あ、うん」

にっこり笑《わら》って顔《かお》をあげた安達《あだち》さんを見《み》て、はとりは少《すこ》しびっくりしたようだ。

「え、え? メガネは?」

そう、安達《あだち》さんは今日《きょう》、メガネをしていないんである。

「あ、うん……コンタクトにかえたの」

「そうなんだ⁉」

はとりの顔《かお》がひきつる。メガネを取《と》った安達《あだち》さんは、わりとかわいい顔《かお》をしていた。

「なんだ、似合《にあ》ってたのにもったいないじゃん」

「そうかな」

「うん、絶対《ぜったい》メガネのがいいよぉ！」

「ありがとう。でもいいの……寺坂《てらさか》くんが、こっちのほうがかわいいって言《い》ってくれたから」

おっと、はとり、顔《かお》を背《そむ》けて舌打《したう》ちだ。ほんとうわかりやすい女《おんな》だ。

なんとか気《き》を取《と》りなおし、はとりは、いよいよ攻撃《こうげき》に出《で》た。

カバンの中《なか》から分厚《ぶあつ》いアルバムを何冊《なんさつ》も取《と》り出《だ》し、机《つくえ》の上《うえ》にどさっと置《お》く。いちばん上《うえ》の一冊《いっさつ》をひらいて、ぱらぱらとめくる。

「あー、なつかしいなぁ」

なんだその棒読《ぼうよ》みは。

あのアルバムの表紙《ひょうし》には私《わたし》も見覚《みおぼ》えがある。はとりと寺坂《てらさか》の子《こ》どものころの写真《しゃしん》がぎっしり貼《は》ってあるやつだ。

ははあ、さては、自分《じぶん》が寺坂《てらさか》と幼《おさな》なじみってことをアピールする気《き》だな。

さすがに安達《あだち》さんも、気《き》になるらしくアルバムをちらちら横目《よこめ》で見《み》ている。

「ああ、これさぁ、安達《あだち》さんに見《み》せたくって」

ニヤリ、とはとりは笑《わら》う。

「だって、利太《りた》のことぜんぜん知《し》らないでしょ？」

自分《じぶん》のほうがつきあいが長《なが》くてなんでも知《し》ってるって言《い》いたいわけだ。ほんとう最近《さいきん》、性格《せいかく》の悪《わる》さに磨《みが》きがかかってるな。

でも、さすが王道《おうどう》ヒロイン。安達《あだち》さんはこんなことでは動揺《どうよう》しない。

「わー、かわいい！　寺坂《てらさか》くんやっぱり子《こ》どものころからかわいいね。松崎《まつざき》さんもかわいい〜。ふたりともこんな小《ちい》さなころからいっしょにいたんだね。いいなぁ〜」

明《あか》るく言《い》われて、むしろはとりのほうがダメージをくらっている。

この作戦《さくせん》は無効《むこう》だと気《き》づいたはとりは、バン、とアルバムを乱暴《らんぼう》にとじると、今度《こんど》はわざとらしく身震《みぶる》いをした。

「ねぇ、なんか図書室寒《としょしつさむ》くない？」

「そう？」

はとりがカバンからひっぱり出《だ》したのは、うちの高校《こうこう》のジャージだ。でも自分《じぶん》のじゃない。胸《むね》に「寺坂《てらさか》」って刺《し》しゅうがしてある。どんな理由《りゆう》をつけて借《か》りてきたんだろう。ドヤ顔《がお》でジャージをはおったはとりを見《み》て、安達《あだち》さんはちょっとおどろいたようだった。

「それ……」

「んー？」

「松崎《まつざき》さんが持《も》ってたんだ！　よかった。昨日洗濯《きのうせんたく》しにいったとき、見当《みあ》たらなかったから」

「は⁉　洗濯《せんたく》⁉」

そのとき、私《わたし》の目《め》には、安達《あだち》さんの言葉《ことば》が矢《や》になって、はとりの体《からだ》にブッスリとささったのが、はっきり見《み》えた気《き》がした。

「洗濯《せんたく》……って、安達《あだち》さん、利太《りた》の家《いえ》に洗濯《せんたく》しにいったんだ⁉」

「寺坂《てらさか》くんちって、お母《かあ》さんいなくて、家《いえ》でいつもひとりだって聞《き》いたから……おうち大《おお》きくてびっくりしちゃった」

いかにも恋人《こいびと》ですってセリフ！　結婚《けっこん》を前提《ぜんてい》におつきあいしていますって感《かん》じの！

「お父《とう》さんも忙《いそが》しいんだってね。あんな大《おお》きな家《いえ》でひとりなんて、きっとさびしいだろうなぁ……」

「あ……うん……」

ブス、ブス、と矢《や》が増《ふ》えていくのが見《み》えるようだ。

しかし、はとりはまだめげない。頭《あたま》をぶるぶるふって気《き》を取《と》りなおす。

「は、話《はなし》かわるけど、あたし、利《り》太《た》にブラ見《み》られたことあんだよね！」

突然《とつぜん》なにを言《い》い出《だ》すんだこのアホは！

あれは小学校《しょうがっこう》五年《ねん》かそこらで、初《はじ》めてスポーツブラを買《か》ってもらってテンションあがったあんたが、自分《じぶん》から服《ふく》をまくって見《み》せびらかしただけだろーがー！

「あのとき利《り》太《た》ったらぁ～」

どんびきしてました、と言《い》うつもりなのか。

でも、安達《あだち》さんは聞《き》いていなかった。窓《まど》の外《そと》にむかって手《て》をふっている。

視線《しせん》の先《さき》には、寺坂《てらさか》がいた。彼《かれ》も笑顔《えがお》で手《て》をふりかえしている。

「!?」

またはとりの頭《あたま》に矢《や》がささっているぞ。

安達《あだち》さんはもちろんそれには気《き》づかず（当《あ》たり前《まえ》だけども）笑《わら》いながら机《つくえ》の上《うえ》を片《かた》づけ始《はじ》めた。

「私《わたし》が調《しら》べものしてる間《あいだ》、寺坂《てらさか》くんに待《ま》っててもらってて――だからそろそろいかなきゃ。松崎《まつざき》さん、また明日《あした》お話聞《はなしき》かせてね」

そう言《い》って、安達《あだち》さんは去《さ》っていった。

取《と》りのこされたはとりは、もうぴくりとも動《うご》かない。

完敗《かんぱい》だ。

幼《おさな》なじみの絆《きずな》で安達《あだち》さんを倒《たお》すつもりだったのに、完全《かんぜん》に返《かえ》り討《う》ちにあってしまった。

――ほんとう、アホだよな。はとり。

私《わたし》は、やれやれ、と席《せき》を立《た》った。

4. イケメンは突然《とつぜん》に ―――― はとり

図書室《としょしつ》でのヒロイン対決《たいけつ》に敗北《はいぼく》したあたし、はとりちゃんは、数分間《すうふんかん》死《し》んだあと、なんとか息《いき》を吹《ふ》きかえして、とりあえずトイレにいった。

体中《からだじゅう》にささった（気《き》がする）安達《あだち》さんの言葉《ことば》の矢《や》をなんとかひき抜《ぬ》いて、ため息《いき》をつく。

「もう、なんなの、あの元《もと》メガネブス！」

おっと？　これはあたしのセリフじゃないよ？

あたしが個室《こしつ》から出《で》ると、洗面台《せんめんだい》のところで、同《おな》じクラスのヒトミとマホが、化粧直《けしょうなお》しをしながらなにやらダベッていた。つまり、今《いま》のはヒトミの声《こえ》。

「ねー、コンタクトとかウケるし。ブスはブスじゃん」

こっちはマホ。

（……おやおやおや？　安達《あだち》さんのことっすか？）

そう言《い》えば、ヒトミもマホも、利《り》太《た》にちょっと気《き》があるっぽかったな。

「寺坂《てらさか》にはつりあわないって気《き》づけよっての。ねぇ？　はとりもぶっちゃけそう思《おも》うでしょ？」

「へっ？」

いきなり話《はなし》をふられ、となりの洗面台《せんめんだい》で手《て》を洗《あら》っていたあたしはビクッとした。

「えー、そう？　安達《あだち》さんいい人《ひと》っぽく答《こた》えておく。

とりあえず、いい子《こ》じゃない？」

ホントはそんなことぜんぜん思《おも》ってないけどね。

「ウチ、寺坂《てらさか》は、はとりとくっつくって思《おも》ってた」

（おおー、マホ、いいこと言《い》うじゃん！　あたしもそう思《おも》ってたよ！）

「そうだよ、だって絶対《ぜったい》お似合《にあ》いじゃん。深《ふか》い絆《きずな》で結《むす》ばれてるっていうか？」

（ヒトミ、あんたもいいよー！　そのとおり！　もっと言《い》って！）

「安達《あだち》さんの、あの顔面偏差値《がんめんへんさち》の低《ひく》さじゃ、寺坂《てらさか》の彼女《かのじょ》はつとまんないよ」

「自分《じぶん》の身分《みぶん》わきまえろっての」

うんうんそうだよ。そうだよねー。

ほら見《み》ろ安達《あだち》よ。だれが見《み》てもそうなんじゃん。

ふたりにつられて、あたしもついに口《くち》に出《だ》してしまった。

「まーねー。安達《あだち》さんじゃねぇ」

「でしょー」

「だよねー」

アハハハハとあたしたちは笑《わら》った。

「あー、やっぱはとりとは気《き》が合《あ》うわ～」

「また語《かた》ろー」

ヒトミとマホがトイレから出《で》ていく。

あー、ちょっとスッとした。

スッと……した。

「わぁ!?」

あたしはそのとき、鏡《かがみ》にうつった自分《じぶん》の顔《かお》におどろいた。

なんだ、この悪魔《あくま》は⁉

「これ、あたし⁉」

あせって鏡《かがみ》の前《まえ》で、必死《ひっし》に笑顔《えがお》をつくる。

ほんとうに、一瞬《いっしゅん》、化《ば》けものみたいな顔《かお》に見《み》えたんだ。

（スマイル、スマイル……）

……はっ⁉

「わっ‼」

鏡《かがみ》の中《なか》のあたしのうしろに、立《た》っているのは‼

「あ、安達《あだち》さん⁉　いつから……‼」

もしやずっと個室《こしつ》に入《はい》っていたのかー⁉

「ごめんね、盗《ぬす》み聞《ぎ》きするつもりはなかったんだけど……出《で》るタイミングなくなっちゃって。静《しず》かになったからもうみんないったのかと……」

「いや、あやまることじゃないでしょ……」

どうしよう。全部《ぜんぶ》聞《き》かれちゃった。

あたしは、ざあざあと血《ち》の気《け》がひいていくのを感《かん》じた。

(おわった……利《り》太《た》に全部《ぜんぶ》バラされる……)

……と思《おも》ったら。安《あ》達《だち》さんは信《しん》じられないことを言《い》い出《だ》した。

「ええと……今《いま》のこと、気《き》にしないでね」

「は?」

「だって、松崎《まつざき》さん、寺坂《てらさか》くんのこと好《す》きでしょ?」

手《て》を洗《あら》いながら、安《あ》達《だち》さんはちらっとあたしを見《み》る。

「あんなに小《ち》さ《い》いころからずっといっしょだったんだもんね。松崎《まつざき》さんにしてみれば、私《わたし》って泥棒猫《どろぼうねこ》みたいなものでしょう?」

うっ。たしかに、泥棒猫《どろぼうねこ》って思《おも》ってた。

「でも私《わたし》、寺坂《てらさか》くんを独《ひと》り占《じ》めしたいなんて思《おも》ってないから、松崎《まつざき》さんは今《いま》までどおりに寺坂《てらさか》くんと仲《なか》よくしてね。私《わたし》に気《き》をつかわないで」

「今《いま》までどおり、って……」

「それでもし、寺坂《てらさか》くんが松崎《まつざき》さんの所《ところ》にいっちゃっても、恨《うら》んだりしないからさ」

にっこり、と、安達《あだち》さんは笑《わら》った。

天使《てんし》だ。天使《てんし》のほほえみだ。

ほほえみながら、安達《あだち》さんはトイレを出《で》ていった。

残《のこ》されたあたしは、ひたすらぼうぜんとしていた。

悪魔《あくま》の顔《かお》で自分《じぶん》を小《こ》ばかにしていたあたしを、天使《てんし》のほほえみで許《ゆる》す女《おんな》。

完敗《かんぱい》だ。

今度《こんど》こそ完敗《かんぱい》だ。

王道《おうどう》ヒロインの余裕《よゆう》に、邪道《じゃどう》ヒロインは完璧《かんぺき》にうちのめされてしまった……。


「なんだよ、いい子《こ》ぶっちゃって……」

中庭《なかにわ》のベンチに寝《ね》そべって、そうつぶやいてみたものの。

あたしはもう、完全《かんぜん》にヌケガラだった。

目《め》をとじれば、あの、幸《しあわ》せそうな安達《あだち》さんの笑顔《えがお》がよみがえる。

それから、不良《ふりょう》に体当《たいあ》たりしたときの、いせいのいいタンカも。

『寺坂《てらさか》くんに手《て》を出《だ》したら絶対許《ぜったいゆる》さない！』

（あのとき動《うご》いたのが安達《あだち》さんじゃなくてあたしだったら、なにかかわったのかな……）

ううん、あのときだけじゃない。

あたしがもっと早《はや》く、ちゃんと告白《こくはく》していたら。

利太《りた》のヒロイン役《やく》のオーディションを受《う》けていたら。

そしたら――……。

でも、もう遅《おそ》い。

あたしは、カバンから利太《りた》のジャージをひっぱり出《だ》した。顔《かお》に押《お》しつけると、利太《りた》のにおいがした。

「……ううう……あたしには利太《りた》しかいないのに」

「へえ、そう」

「そうだよ。あんないい男《おとこ》、もうどこにも……」

ん？　ちょっと待《ま》て。今《いま》のだれ？

顔《かお》をあげると――そこには。

「だ、だれ!?」

ほんとうに、まったく知《し》らない人《ひと》が立《た》っていた。

しかも、とてつもないイケメンだ!!

いやマジで、顔《かお》だけなら利太《りた》よりイケメンかもしれない。

「そんな好《す》きなんだ、寺坂《てらさか》くんのこと」

イケメンはふつうに話《はな》しかけてくる。

あたしはあわてて利太《りた》のジャージを背中《せなか》にかくしながらたずねた。

「え、ええっと……どちらさま？」

「弘光廣祐《ひろみつこうすけ》。一応《いちおう》、同《おな》じクラスなんだけど」

言《い》いながら、イケメン――弘光廣祐《ひろみつこうすけ》はあたしのとなりに座《すわ》った。近《ちか》い近《ちか》い！

「お、同《おな》じクラス……」

そうだっけ？　こんなイケメンいたっけ？

「ひどいなぁ。この前《まえ》助《たす》けてあげたのに」

「この前《まえ》？」

きょとん、とするあたしに、弘光《ひろみつ》くんは、ニヤリと笑《わら》って、急《きゅう》に声《こえ》を張《は》りあげた。

「だれかぁ！　ケンカでーす!!」

「あっ！」

そうか、ロッカーのところで不良《ふりょう》にからまれたとき……。

「そ、その節《せつ》はどうも」

「それに、昨日《きのう》も学食前《がくしょくまえ》で会《あ》ってるんだけど」

「学食《がくしょく》……？」

あっ、そういえば、だれかとぶつかったんだっけ……いちおうあやまったけど、ろくに顔《かお》も見《み》てなかった。

「ご、ごめんなさい……」

「傷《きず》つくなぁ。オレ、そんなに存在感《そんざいかん》ない？」

「い、いいえ、そんなことは……利太以外《りたいがい》は、こう、エキストラと言《い》いますか……」

そう。利太《りた》ひと筋《すじ》十年《ねん》のあたしには、ほかの男子《だんし》なんか最初《さいしょ》からぜんぜん目《め》に入《はい》っていなかった。

クラスメートの顔《かお》も名前《なまえ》もいちいち覚《おぼ》えていない。みーんなあたしには「へのへのもへじ」に見《み》えていた。

「ふーん……ホントに寺坂《てらさか》くんにゾッコンだね」

「そ、それはもう！」

あたしが胸《むね》を張《は》ると、弘光《ひろみつ》くんは、ちょっと眉《まゆ》をさげた。

「……そっか、残念《ざんねん》」

「へ？」

「だって、オレが今《いま》はとりちゃんに、つきあってって言《い》っても、脈《みゃく》なしってことでしょ？」

ぐっと顔《かお》を近《ちか》づけてくる。

ぎゃー！　ぎゃー！

なんだ、なんだこの状況《じょうきょう》は!?

今《いま》あたし、このイケメンにさらっと告《こく》られた!?

「寺坂《てらさか》くん、彼女《かのじょ》つくっちゃったでしょ。そんな男《おとこ》に執着《しゅうちゃく》しても空《むな》しいだけじゃん」

(顔《かお》が、顔《かお》が近《ちか》い！　ちーかーいー!!)

「ね、オレが今《いま》すぐにでも忘《わす》れさせてあげるよ」

あたし……今《いま》、人生《じんせい》で初《はじ》めて口説《くど》かれてる!?

しかも、こんなイケメンに。

正直顔《しょうじきかお》だけなら利太《りた》より好《この》みかもしれないイケメンに。

ぽわ〜……と、ピンクに染《そ》まりそうな頭《あたま》を自分《じぶん》でひっぱたいて、あたしは正気《しょうき》にかえった。

「け、結構《けっこう》ですぅ！　あ、あたしの利太《りた》への気持《きも》ちは、ほかのコとはちがって、人生賭《じんせいか》けた『本気《ほんき》の恋《こい》』ですので〜」

でも、弘光《ひろみつ》くんはひかない。さらに顔《かお》を近《ちか》づけてくる。

「寺坂《てらさか》くんのどこがそんなにいいの？」

「『本気《ほんき》の恋《こい》』は理屈《りくつ》じゃないんで！」

これ以上《いじょう》こいつとしゃべってるとまずい。あたしは立《た》ちあがってその場《ば》を去《さ》ろうとした。

が。いきなり腕《うで》をつかまれて、ひきよせられる。

「そっか。はとりちゃんは『寺坂《てらさか》くんが好《す》き』っていうより『十年間《ねんかん》想《おも》いつづけてる自分《じぶん》が好《す》きなんだね」

「……そ、そんなこと」

ない、と言《い》いかけたあたしの唇《くちびる》を、弘光《ひろみつ》くんの唇《くちびる》がふさいだ。

「!?!?」

な、なに……なにが起《お》こっているの……。

「恋愛《れんあい》なんて、ただの思《おも》いこみだよ」

そう言《い》って、あたしの体《からだ》を離《はな》すと、にんまり笑《わら》って去《さ》っていく。

あたしは、その場《ば》にへなへなとしゃがみこんだ。

「……チッス……されちった」

あたしのファーストキス。

利太《りた》とするはずだった、初《はじ》めてのちゅー。

それを……今日《きょう》初《はじ》めて口《くち》をきいた男《おとこ》に……奪《うば》われてしまった……。

5. 波乱《はらん》のダブルデート――はとり

次《つぎ》の日《ひ》、あたしは教室《きょうしつ》の前《まえ》で弘光《ひろみつ》くんをつかまえて、ブッスリ殺《ころ》……そうと思《おも》っていたけれども、もちろんそんなことはできないので、手《て》を合《あ》わせて頭《あたま》をさげた。

「……昨日《きのう》のことは、どうかご内密《ないみつ》に！」

どうしても、利太《りた》以外《いがい》の男《おとこ》とキスしてしまったことを、利太《りた》に知《し》られるわけにはいかない。くやしいけど、口止《くちど》めするしかない。

「内密《ないみつ》にって、寺坂《てらさか》くんに？　やだなぁ〜言《い》うわけないじゃない」

弘光《ひろみつ》くんは、にんまりと笑《わら》う。

「でも、そうだな……」

（また、また近《ちか》づいてくる。ひぇぇ）

「だまっとくかわりに、なにかしてもらっちゃおうかな」

「で、できることなら」

後《あと》ずさりながらあたしは言《い》った。てか、なんで無理《むり》やりキスされたあたしが、こんな下《した》手《て》に出《で》なければならないのか……。

「できること、って、どんなこと？」

弘光《ひろみつ》くんはあたしの耳元《みみもと》でささやく。だから近《ちか》い！　近《ちか》いよぉぉぉ！

「耳真《みみま》っ赤《か》。喜《よろこ》んでんの？」

「べ、べつに、喜《よろこ》んでなんかっ！」

「ウソ、顔《かお》ニヤけてるじゃん」

ぽんぽん、とあたしの頭《あたま》をさわる。ちょ、いやいや、そんな。ニヤけてなんか。

「おい」

ふりかえると、利《り》太《た》が立《た》っていた。となりに安達《あだち》さんもいる。

「そいつ、いやがってんだろ？」

不機嫌《ふきげん》そうな顔《かお》で利《り》太《た》が言《い》う。

(うそ、利《り》太《た》が、あたしをかばってくれた!?)

安達《あだち》さんがちょっとびっくりしたような顔《かお》で、あたしと利太《りた》と、それから弘光《ひろみつ》くんを見《み》比《くら》べていた。

「……ウワサをすれば、寺坂《てらさか》くん」

弘光《ひろみつ》くんは、また笑《わら》った。

「そうだ、いいこと思《おも》いついた。W《ダブル》デート、しない？」

は？　W《ダブル》デート？

「オレと、はとりちゃんと、寺坂《てらさか》くんとカノジョで」

ね？　と、弘光《ひろみつ》くんは言《い》った。


……というわけで、いや、どういうわけかぜんぜんわかんないけど、あたしたちは四人《よにん》で放課後《ほうかご》、ボーリング場《じょう》にやってきていた。

正直《しょうじき》言《い》ってやる気《き》起《お》こらない。

「はとりちゃん、へったくそー！」

あたしの投《な》げたボールはレーンの真《ま》ん中《なか》を完全《かんぜん》にはずれ、右側《みぎがわ》の溝《みぞ》に落《お》っこちる。ガーターっていうんだけどね。まあ失敗《しっぱい》ってことよ。

「体《からだ》の軸《じく》がブレちゃってるからそうなるんだよね」

弘光《ひろみつ》くんがなれなれしくあたしの腰《こし》をひきよせる。だから近《ちか》いって！

逃《に》げようとするあたしの耳《みみ》に、弘光《ひろみつ》くんは、笑《わら》いながらささやいた。

「寺坂《てらさか》くんって、わかりやすいね――あんなに嫉妬《しっと》しちゃってさ」

「え？」

あたしはびっくりして、うしろのベンチに座《すわ》っている利太《りた》を見《み》た。

となりに安達《あだち》さんが座《すわ》ってるのに、そっちを見《み》もせず、反対側《はんたいがわ》にそっぽをむいてる。ふてくされてるって感《かん》じ。

嫉妬《しっと》してる？　あたしと弘光《ひろみつ》くんに？　あの利太《りた》が？

「もうちょっと腰《こし》を落《お》として、そう、腕《うで》はこう――やってみて」

弘光《ひろみつ》くんに言《い》われるまま、あたしはもう一度《いちど》ボールを投《な》げた。

「おおおお!?」

ボールは見事《みごと》にレーンの真《ま》ん中《なか》を転《ころ》がって、ピンを全部《ぜんぶ》なぎ倒《たお》した。

「やったぁ！」

あたしは思《おも》わず弘光《ひろみつ》くんとハイタッチをする。

ちらっ、と利太《りた》を見《み》ると……おおおお、にらんでる！　弘光《ひろみつ》くんをにらんでる！

(ちょっとぉ〜！　それって超気分《ちょうきぶん》いいんですけど!?)

ニヤニヤするのを抑《おさ》えつつ、利太《りた》のとなりに座《すわ》ると、いきなり利太《りた》が話《はな》しかけてきた。

「はとり……アンドレとムック元気《げんき》？」

「……は？」

弘光《ひろみつ》くんが顔《かお》をしかめる。あたしはあわてて説明《せつめい》した。

「うちの犬《いぬ》。二匹《ひき》いるの。アンドレはゴールデンレトリバーで、ムックは黒《くろ》いトイプー」

「ガキのころ、ふたりでいっしょに名前《なまえ》つけたんだよな」

利太《りた》がわりこんでくる。おおお？

「近《ちか》いうち家《いえ》いくわ。おばさんの飯《めし》も食《く》いたいし」

言《い》いながら利太《りた》は弘光《ひろみつ》くんを見《み》る。これは、これは、オレのほうがはとりと親《した》しいんだぞアピール!? 親《おや》とも仲《なか》よしなんだぞアピール!?

でも、弘光《ひろみつ》くんは、ニヤリと笑《わら》って余裕《よゆう》の表情《ひょうじょう》だ。いきなりポケットからスマートフォンを取《と》り出《だ》し、あたしの目《め》の前《まえ》にかざした。

「はとりちゃん、これうちの犬《いぬ》」

待《ま》ち受《う》けにうつっていたのはフレンチブルドッグだった。なんだこりゃ、ブチャかわいい！

弘光《ひろみつ》くんがこういうタイプの犬《いぬ》飼《か》ってるって意外《いがい》じゃない？

「えっ、かわいい〜！　男《おとこ》の子《こ》？　女《おんな》の子《こ》？　名前《なまえ》は？」

「……便所《べんじょ》いってくる」

利太《りた》、めっちゃ不機嫌《ふきげん》そうに退場《たいじょう》。

「寺坂《てらさか》くん、マジわっかりやすっ」

弘光《ひろみつ》くんはニマニマ笑《わら》いながらボールを取《と》って、レーンに歩《ある》いていった。

(あの利太《りた》が妬《や》いてくれたから、七月《がつ》十六日《にち》は嫉妬《しっと》記念日《きねんび》)

なんて短歌《たんか》がひらめくほどあたしは浮《う》かれていた。は？　有名《ゆうめい》な短歌《たんか》のパクリだろって？　ちがうよパロディだよ。

あたしは勝《か》ちほこった顔《かお》で安達《あだち》さんを見《み》る。さぞかしショックでしょう!?

と、思《おも》ったら。あれ。なにまじめな顔《かお》してんの？

「松崎《まつざき》さん……えっと、私《わたし》のかんちがいだったのかな」

「は？」

「あの……松崎《まつざき》さん、弘光《ひろみつ》くんとつきあうの？」

「え、いや……」

安達《あだち》さんは、レーンで投球《とうきゅう》フォームに入《はい》った弘光《ひろみつ》くんをちらっと見《み》る。

「私《わたし》、寺坂《てらさか》くんにまっすぐな松崎《まつざき》さんのこと、ずっとカッコイイって思《おも》ってて……勝手《かって》に戦友《せんゆう》みたいに思《おも》ってたから」

「せ、戦友《せんゆう》？」

なに言《い》ってんの？　なんでそんな曇《くも》りのない目《め》であたしを見《み》るの？

「無理《むり》してほかに好《す》きな人《ひと》とかつくらなくていいんじゃないかな。そんなことして寺坂《てらさか》くんを傷《きず》つけるのは、なんかちがうと思《おも》う」

なんで？　なんであたしに説教《せっきょう》してんの？

(利太《りた》を……利太《りた》を全部自分《ぜんぶじぶん》のものにしといて……)

じわっ、とあたしの目《め》に涙《なみだ》がにじんだ。

「あんたがそれ言《い》っちゃう？　いやな女《おんな》だねぇ」

あたしのかわりにそう言《い》ったのは、ボールを取《と》りにもどってきた弘光《ひろみつ》くんだった。

安達《あだち》さんは悲《かな》しそうな顔《かお》で言《い》いかえす。

「わ、私《わたし》は、松崎《まつざき》さんと寺坂《てらさか》くんのことを思《おも》って……」

「なら別《わか》れてあげなよ」

弘光《ひろみつ》くんはあきれたように笑《わら》うと、レーンにもどり、完璧《かんぺき》なフォームで二本目《ほんめ》を投《な》げた。

ボールはきれいなカーブを描《えが》いて転《ころ》がり、はしっこに残《のこ》っていた二本《ほん》のピンをなぎ倒《たお》す。

安達《あだち》さんはだまったままだ。

「ほら、結局口《けっきょくくち》だけじゃん」

弘光《ひろみつ》くんはゆっくりと安達《あだち》さんに近《ちか》づいた。

「そういうの、なんて言《い》うか知《し》ってる？　『偽善者《ぎぜんしゃ》』って言《い》うんだ。ムカつくよね」

安達《あだち》さんは真《ま》っ青《さお》になった。
もう彼女《かのじょ》にかまわず、弘光《ひろみつ》くんはあたしに笑《わら》いかけた。
「いこ、はとりちゃん」
あたしの手《て》をつかみ、歩《ある》き出《だ》す。安達《あだち》さんはうつむいたまま立《た》ちつくしている。
利太《りた》はまだ、トイレからもどってこない。
あたしは混乱《こんらん》して、泣《な》きそうになる。
(無理《むり》やりキスしてきたり、やさしくしたり……なんなのさ!?)
弘光《ひろみつ》くんのことがぜんぜんわからない。
でも——今《いま》、ちょっとうれしいと思《おも》ってしまった。
安達《あだち》さんに、ざまぁみろ、と思《おも》ってしまった——……。

あたしは、とぼとぼとひとり、夜《よる》の街《まち》を歩《ある》いていた。

弘光《ひろみつ》くんとは、あのあとちょっとだけお茶《ちゃ》してすぐ別《わか》れた。でも家《いえ》に帰《かえ》る気《き》にもなれず、こうして家《いえ》の近所《きんじょ》をふらふらとさまよっている。

なんというか……ただただ空《むな》しい。

あのときは安達《あだち》さんを見《み》かえしたような気持《きも》ちになったけど、そんなの結局幻《けっきょくまぼろし》というか。

「あたしと利太《りた》が築《きず》いた十年間《ねんかん》を、安達《あだち》さんに一瞬《いっしゅん》でおい抜《ぬ》かれちゃった気分《きぶん》」

はあ、とため息《いき》をついて、あたしは歩道橋《ほどうきょう》の上《うえ》を見《み》あげた。

そしたら……。

「はとり!」

そこに、利太《りた》が立《た》っていた。

「利太《りた》! どうしたの!? 安達《あだち》さんは?」

あたしは歩道橋《ほどうきょう》を駆《か》けあがりながらたずねた。

「帰《かえ》った」

「そ、そう……」

利《り》太《た》はべつにおこってもいないようだ。どうやら、さっきあたしたちが安達《あだち》さんに言《い》ったことは聞《き》いてないらしい。

(安達《あだち》さん、利太《りた》にチクらなかったんだ……さすが正統派《せいとうは》ヒロイン……)

胸《むね》がチクチクと痛《いた》む。

「おまえさ、やめろよな、突然《とつぜん》消《き》えるの」

利太《りた》は、ちょっとすねたように言《い》った。

「もしかして、心配《しんぱい》してくれたの？」

「そりゃな……」

ははは、と、あたしは笑《わら》った。利太《りた》はそっぽをむいて、また夜空《よぞら》を見《み》あげた。

雲《くも》の切《き》れ間《ま》に、明《あか》るい星《ほし》がひとつだけ見《み》える。

「……利太《りた》ってさ、昔《むかし》から、ほんと高《たか》い所《ところ》好《す》きだよね」

「…………」

利太《りた》は、お母《かあ》さんがいなくなってから、人《ひと》と距離《きょり》を置《お》くようになった。

うわべだけは普通《ふつう》にしてるけど、気《き》は許《ゆる》さないっていうか。きらわれない程度《ていど》に話《はなし》はするけど、それ以上仲《いじょうなか》よくはしないっていうか。

それは、仲《なか》よくなった人《ひと》に裏切《うらぎ》られるのがこわいからだ。

そんな利《り》太《た》を、クールな一匹狼《いっぴきおおかみ》だとかんちがいして、女《おんな》の子《こ》たちはきゃあきゃあ言《い》ってた。でも利《り》太《た》は相手《あいて》にしなかった。

——安達《あだち》さんをのぞいては。

「……ねぇ、利《り》太《た》は安達《あだち》さんのどこが好《す》きなの」

「は？」

「いいじゃん、教《おし》えてよ。あたしと利《り》太《た》の仲《なか》じゃん。もしかして、あの昭和《しょうわ》が薫《かお》るおかっぱが好《この》みとか」

ふざけるあたしをさえぎるように、利《り》太《た》は言《い》った。

「……夢《ゆめ》があんだって」

「は？」

思《おも》いがけない言葉《ことば》が出《で》てきて、あたしは絶句《ぜっく》する。

「安達《あだち》、将来《しょうらい》はジャーナリストになって、自分《じぶん》の言葉《ことば》で世界《せかい》になにかを伝《つた》えたいんだってさ。すごくね？」

「……はぁ」

「そういうのがある奴《やつ》って……持《も》ってんだよな。自信《じしん》とか、余裕《よゆう》とか……とにかく俺《おれ》が持《も》ってないもんが、アイツにはいっぱい詰《つ》まってんだ」

そう言《い》って、利《り》太《た》はほんとうにまぶしそうに目《め》を細《ほそ》めた。

そんな顔《かお》をする利《り》太《た》を初《はじ》めて見《み》た。

「……ホントに、利《り》太《た》は、安《あ》達《だち》さんが好《す》きなんだね」

地《じ》味《み》ないじめられっ子《こ》をほっとけなかったんじゃなくて。

安《あ》達《だち》さんの中《なか》身《み》をちゃんと見《み》て、それで好《す》きになったんだ……。

(なんだよ。勝《か》ち目《め》ないじゃん)

あたしの目《め》に、また涙《なみだ》がたまってきた。

(夢《ゆめ》なんて、そんなキラキラしたもん持《も》ってるわけないじゃん……)

だってあたし、今《いま》まで利《り》太《た》の背《せ》中《なか》しか見《み》てこなかったんだよ?

「……もう、利《り》太《た》、のろけすぎぃ〜!」

あたしは、泣《な》きそうなのをごまかすために、明《あか》るく言《い》って利《り》太《た》を突《つ》き飛《と》ばした。

「おまえが聞《き》いたんだろ!?」

照《て》れくさそうにおこる利《り》太《た》を見《み》ないようにしながら、あたしは歩《ほ》道《どう》橋《きょう》の上《うえ》を走《はし》り出《だ》した。

「あっちのコンビニまで競《きょう》争《そう》しよ！　負《ま》けたらジュースおごりね！」

「おい！」

あたしは、利《り》太《た》を振《ふ》り切《き》るように走《はし》る。

泣《な》きたいのをこらえてるから、多《た》分《ぶん》すっごい変《へん》な顔《かお》になってると思《おも》うけど気《き》にしない。


あきらめよう。

この瞬《しゅん》間《かん》にきれいさっぱりと！

6. ライバルのいない夏休《なつやす》み――中島《なかじま》

「聞《き》いて！　聞《き》いてよ中島《なかじま》!!」

そう言《い》って、鼻息荒《はないきあら》くはとりが私《わたし》の腕《うで》をつかんできたのは、一学期《がっき》の終業式《しゅうぎょうしき》の日《ひ》のことである。

あ、私《わたし》のこと覚《おぼ》えてる？　中島杏子《なかじまきょうこ》だよ。はとりの腐《くさ》れ縁《えん》の。

「安達《あだち》さん、海外《かいがい》いくんだって!!」

「は？」

なんだ、そのキラキラした目《め》は。

はとりは私《わたし》を学食《がくしょく》にひっぱりこむと、いつものようにカウンター席《せき》でオヤジに麦茶《むぎちゃ》を注文《ちゅうもん》した。完全《かんぜん》に舞《ま》いあがっている。

「メキシコに短期留学《たんきりゅうがく》？」

はとりが言《い》うには、安達《あだち》さんは中学時代《ちゅうがくじだい》に文化祭《ぶんかさい》で発表《はっぴょう》した、ストリートチルドレンに関《かん》する論文《ろんぶん》が評価《ひょうか》され、メキシコでひらかれる高校生《こうこうせい》エデュケーショナルサミットに参加《さんか》することになったらしい。

「すっごいじゃん。あの人《ひと》ホンモノだね」

「は？　『利太《りた》』と『夢《ゆめ》』って二個《こ》おっちゃう安達《あだち》さんより、利太《りた》オンリーのあたしの愛《あい》のほうがすごくない⁉」

「あんた、恋《こい》は捨《す》てるんじゃなかったんかい」

一週間《いっしゅうかん》ほど前《まえ》、安達《あだち》さんと寺坂《てらさか》の真実《しんじつ》の愛《あい》に打《う》ちのめされたから、もうすべてをあきらめる、とか言《い》ってたのはどこのどいつだ。

「細《こま》かいことは気《き》にすんな！　さぁおろかなる中島《なかじま》よ、『**利太奪還大作戦**《りただっかんだいさくせん》』を考《かんが》えるのだ！」

「なに言《い》ってんのアンタ。敵《てき》がいない間《あいだ》にぬけがけしようってかい」

「だって、安達《あだち》さんからじきじきにたのまれたんだもん。夏休《なつやす》み中《ちゅう》、利太《りた》のそばにいてやってくれって！」

「マジか」

安達《あだち》さん正気《しょうき》か？　それとも王道《おうどう》ヒロインの余裕《よゆう》か？

「これがマジなんだなー。ほら、利太《りた》って友《とも》だちいないからいつもぼっちじゃん？　心配《しんぱい》なんだって、夏休《なつやす》み中《ちゅう》さびしい思《おも》いをしてないかどうか」

はとりはフハハハと笑《わら》った。また悪役面《あくやくづら》にもどっている。

「じゃあ、適当《てきとう》にどっか誘《さそ》ってでかけりゃいいじゃん」

面倒《めんどう》くさくなってきて、私《わたし》は投《な》げやりに言《い》った。はとりはポケットから取《と》り出《だ》したスケジュール帳《ちょう》をひらく。

「やっぱ遊《あそ》びまくり作戦《さくせん》か。海《うみ》とかプールで水着《みずぎ》を見《み》せつけ、遊園地《ゆうえんち》で絶叫《ぜっきょう》マシンにのり、ロマンチックな映画《えいが》を見《み》にいき、最後《さいご》は花火大会《はなびたいかい》で一気《いっき》に落《お》とす！」

ぶつぶつとカレンダーに書《か》きこみ始《はじ》めたはとりにストップをかけたのは、なんと、学食《がくしょく》のオヤジだった。

「……お客《きゃく》さん。それじゃ、ひと夏《なつ》の恋《こい》でおわっちまいますよ」

ガラスのコップをきゅっきゅっと拭《ふ》きながら、オヤジは渋《しぶ》く言《い》う。だからここはオシャレなバーじゃないって。

「え!?　なんでよオヤジ!?」

身《み》をのり出《だ》したはとりに、オヤジはつづけた。

「アンタには……裏《うら》の顔《かお》がねぇ」

「裏《うら》の顔《かお》？」

あー。私《わたし》はピンときた。

「なるほど、ギャップね」

「ギャップ？」

「意外性《いがいせい》。あんたにはそれがないってこと」

はとりは私《わたし》とオヤジの顔《かお》を見比《みくら》べた。オヤジも重々《おもおも》しくうなずく。

「男《おとこ》ってのはね……単純《たんじゅん》なんだよ。女《おんな》の、普段《ふだん》とちがう一面《いちめん》を発見《はっけん》すると、それだけでときめいたりするもんだ」

「そうなの!?」

私《わたし》もうんうんとあいづちをうった。

「あんたみたいにさー、まるっと裏表《うらおもて》見《み》せられちゃうとおもしろくもなんともないっつーか。

寺坂《てらさか》からしてみたら新鮮味《しんせんみ》にかけるから、今《いま》さらアンタを恋愛対象《れんあいたいしょう》に見《み》るのなんて、難《むずか》しいに決《き》まってるよねー」

「ええっ⁉　じゃあどうすればいいの⁉」

はとりは頭《あたま》をかかえた。なんだかおもしろくなってきて、私《わたし》は言《い》った。

「かんたんだよギャップつくるのなんて――たとえば……寺坂《てらさか》は、夏休《なつやす》み中《ちゅう》、はとりから連絡《れんらく》がバンバンくると思《おも》ってるはず。安達《あだち》さんがいないいんだからね」

「……それで？」

はとりはつばをごくりと飲《の》みこむ。私《わたし》はニヤリと笑《わら》う。

「それが、いっさいこなかったら？」

「ええっ⁉」

「ウザイほどくると思《おも》ってた遊《あそ》びの誘《さそ》いがぜんぜんこない。どうよ」

「えええっ⁉」

横《よこ》からオヤジものっかってきた。

「……男《おとこ》は、どうしたんだろ、と思《おも》い出《だ》す」

「そうそう。アンタのことが気《き》になり出《だ》す」

「……会《あ》えない時間《じかん》が愛《あい》を育《そだ》てる」

「ガマンできずに寺坂《てらさか》から連絡《れんらく》がきたら、もうこっちのもんよ！」

私《わたし》はオヤジとうなずきあった。

でも——はとりは、真顔《まがお》で考《かんが》えこんでいる。

「……でも、そんなことしたら利太《りた》、夏休《なつやす》みほんとうにひとりになっちゃうし」

はとりは、本気《ほんき》で寺坂《てらさか》の心配《しんぱい》をしているらしい。

寺坂《てらさか》が家庭《かてい》の事情《じじょう》で、人《ひと》といまいちうまくつきあえないことは、私《わたし》も知《し》ってる。休《やす》みに遊《あそ》ぶような友《とも》だちがだれもいないことも。

そして、はとりがそんな寺坂《てらさか》のことを、いつも気《き》にかけてたことも。

心《こころ》の底《そこ》からバカで、思《おも》いこみがはげしくて、しょっちゅう暴走《ぼうそう》して、いっつも迷惑《めいわく》をかけられているけど、私《わたし》がどうしてもはとりをきらいになれない理由《りゆう》はここにある、かもしれない。（たまに本気《ほんき》でグーでパンチしてやろうかと思《おも》うこともあるけどな）

私《わたし》は、ガシッ、と、はとりの肩《かた》をつかんで言《い》った。

「寺坂《てらさか》をひとりにしたのは安達《あだち》さんでしょ。なんでアンタが尻《しり》ぬぐいすんの？」

「……でも」

「安達《あだち》さんの代用品《だいようひん》でいいの？　都合《つごう》のいい女《おんな》でおわっていいの？」

「!?」

はとりは、私《わたし》を見《み》、それからオヤジを見《み》た。オヤジは親指《おやゆび》を立《た》ててうなずく。

「……グッドラック」


そして、夏休《なつやす》みが始《はじ》まった。

はとりは、あれからもだいぶ迷《まよ》ってたようだったけど、私《わたし》とオヤジのアドバイスどおり、寺坂《てらさか》には会《あ》わないことにしたらしい。

会《あ》わないだけじゃない。メールも電話《でんわ》もLINE《ライン》もいっさいしないと決《き》めて、がんばっているようだ。

その間《あいだ》に自分《じぶん》をみがく！　とか言《い》って、毎日早起《まいにちはやお》きしてウォーキングしたり、ダンスの集中《しゅうちゅう》レッスンに通《かよ》ったり、お肌《はだ》の手入《てい》れをしたりと、バカはバカなりに努力《どりょく》もしているっぽい。ダンスはちょっと意味《いみ》わからんけどな。

三日《みっか》に一回《いっかい》ぐらい「今日《きょう》も利太《りた》から電話《でんわ》がこない。もう心折《こころお》れそう」ってメールがくる。

私《わたし》は「たえろ」と一言《ひとこと》だけかえす。「今《いま》が正念場《しょうねんば》だ」とか。

他人《ひと》ごとだと思《おも》って！　と、マジギレの電話《でんわ》もかかってきたが、やっぱり「あともうちょっとだ！」と突《つ》き放《はな》して切《き》ってやった。

そう。あともうちょっとだ。

私《わたし》は知《し》っている。

私《わたし》は夏休《なつやす》み中《ちゅう》だけ、近所《きんじょ》のコンビニでバイトをしている。

そこに、八月《がつ》に入《はい》ってすぐ、寺坂《てらさか》がやってきたのだ。

うろうろと店内《てんない》を見《み》まわってから、人《ひと》がいないのを見計《みはか》らい、話《はな》しかけてきた。

「……アイツといっしょじゃねぇの？」

「アイツって？」

わかってるのにわざと聞《き》きかえす。

「……はとりだよ」

「ああ、はとりね。さあ？　私《わたし》も最近会《さいきんあ》ってないけど」

「……ふーん」

わざとらしく目《め》をそらし、レジ横《よこ》に積《つ》んであった特売《とくばい》の缶《かん》コーヒーを買《か》って、ふらふらと出《で》ていった。

私《わたし》はニヤリと笑《わら》った。

それからも、たまーに寺坂《てらさか》はコンビニにくる。

そして、なにか言《い》いたそうに私《わたし》をちらちら見《み》る。

でも私《わたし》はずっと、気《き》づかないフリをしていた。

あれは、そろそろ限界《げんかい》だ。

はとり！　もうちょっとだぞ！

7. 公園《こうえん》デート!? ―― はとり

「なにが『アンタのことが気《き》になり出《だ》す』だよ！」

あたしは、読《よ》んでいたマンガを乱暴《らんぼう》にテーブルの上《うえ》に置《お》きながらさけんだ。

「『会《あ》えない時間《じかん》が愛《あい》を育《そだ》てる』だとぉ!? 昭和《しょうわ》の歌謡曲《かようきょく》みたいなこと言《い》って、ぜんぜん育《そだ》ってないじゃん！」

ここは漫画喫茶《まんがきっさ》の個人《こじん》ブース。

あたし、はとりちゃんは、五時間《じかん》コースで『アオハライド』を読破《どくは》しているところだ。

映画《えいが》は見《み》にいったけど原作読《げんさくよ》んだことなかったんだよね。

もう八月《がつ》も明日《あした》でおわりだというのに、利太《りた》からの連絡《れんらく》はない。電話《でんわ》どころか、LINE《ライン》すらこない。

「利太《りた》、あたしのこと忘《わす》れてるんじゃないの!?」

ちくしょう、おろかなる中島《なかじま》と食堂《しょくどう》のオヤジの口車《くちぐるま》にのったあたしがバカだったのか。

「うーん、そうかもね」

いきなり変《へん》なつくり声《ごえ》がした。はっ!? となって顔《かお》をあげると、ブースの仕切《しき》りの上《うえ》から、熊《くま》のぬいぐるみが顔《かお》をのぞかせている。

「いいよね『アオハライド』。きゅんきゅんするよね」

熊《くま》がぴこぴこと動《うご》きながら言《い》う。と、その横《よこ》に、にゅうっと顔《かお》を出《だ》したのは。

「ひ、弘光《ひろみつ》くん!?」

「久《ひさ》しぶり。暇《ひま》そうだね」

弘光《ひろみつ》くんは、熊《くま》をまたぴこぴこゆらし、それからブースの扉《とびら》をあけて入《はい》ってきた。しまった、鍵《かぎ》かけてなかったや。

「な、なんでいんの？」

「はとりちゃんに会《あ》いにきたに決《き》まってるじゃん」

久《ひさ》しぶりに見《み》ると、ほんとうにイケメンだ。最近《さいきん》利太《りた》とも会《あ》っていないあたしは、イケメンなれしていなくてまぶしい。

「このままじゃ、夏《なつ》の思《おも》い出《で》ゼロになっちゃうねぇ」

ニヤニヤ笑《わら》いながら言《い》う弘光《ひろみつ》くんに、あたしは、うっ、と声《こえ》をつまらせた。

「じゃあさ、オレとデートしない？」

その言葉《ことば》に——あたしはうっかりうなずいてしまった。


それから数十分後《すうじゅっぷんご》。

あたしたちは、街中《まちなか》の大《おお》きな公園《こうえん》にいた。

目《め》の前《まえ》の大《おお》きな噴水《ふんすい》のまわりで、十人近《にんちか》い小学生《しょうがくせい》の男子《だんし》たちが水鉄砲《みずでっぽう》で撃《う》ちあいをしている。それをながめながら、あたしたちはそばに停《と》まっていたアイスクリームの販売車《はんばいしゃ》でカップアイスを買《か》った。

「あ、これうまい」

弘光《ひろみつ》くんは、そう言《い》って目《め》を細《ほそ》めると、自分《じぶん》のアイスをスプーンですくい、あたしの目《め》の前《まえ》に突《つ》き出《だ》した。

「はい、あーん」

「!?」

ど、どうしよう。これは浮気《うわき》？　利太《りた》への裏切《うらぎ》り？

（いやいや待《ま》て待《ま》て。浮気《うわき》もなにも、べつに利太《りた》とはつきあってないし。それに利太《りた》には安達《あだち》さんがいるわけだし）

弘光《ひろみつ》くんは、にっこりと笑《わら》っている。アイスが溶《と》けてスプーンからこぼれそうになる。

（そうだよ……こんなふるえるほどのイケメンが、あたしに、アイスあーん、ってしてくれてるんだよ!?）

いいよね!?　あたし、この状況《じょうきょう》を楽《たの》しんじゃっても!?

「……あーん」

と、あたしが口《くち》をあけた、そのとき。

びっしゃあ!!　と、あたしの顔《かお》にかかったのは、アイスではなく生《なま》ぬるい水《みず》だった。

「！？！？」

さっきから噴水《ふんすい》のまわりで遊《あそ》んでいた子《こ》どもたちが、あたしにむかって水鉄砲《みずでっぽう》をかまえている！

「リア充爆発《じゅうばくはつ》しろぉ～！」

どこで覚《おぼ》えてきたのか、生意気《なまいき》なセリフをはきながら、子《こ》どもたちはまた水鉄砲《みずでっぽう》を撃《う》ってきた。

「！！！」

髪《かみ》も服《ふく》もびっしょぬれじゃないか、このクッソガキたちめー‼

「ぶっつぶすー‼」

あたしは子《こ》どもたちにつかみかかった。子《こ》どもたちは、わー、ぎゃー、とさけんで逃《に》げまわる。

「逃《に》がすかこらー！　倍返《ばいがえ》しだ‼」

ちょっと足《あし》の遅《おそ》いチビっ子《こ》の鉄砲《てっぽう》を取《と》りあげて、残《のこ》りの子《こ》にむかってぶっ放《ぱな》した。

「おらおらおらー！」

撃《う》ちあいしてるうちに楽《たの》しくなってきた。あたし、けっこう子《こ》どもは好《す》きなんだよね。

中島《なかじま》には、ただ頭《あたま》のレベルが同《おな》じなだけだろ、とか言《い》われてるけど。

「いけいけ、やっつけろー！」

子《こ》どもたちもノリノリで、ぴきゅーん、とか、ブシャア！　とか擬音《ぎおん》をさけびながら走《はし》りまわる。

真夏《まなつ》の太陽《たいよう》に、噴水《ふんすい》と水鉄砲《みずでっぽう》の水《みず》がキラキラする。

ふりかえると、弘光《ひろみつ》くんもげらげら笑《わら》っていた。

「……あぶない！」

子《こ》どものひとりが弘光《ひろみつ》くんのうしろに近《ちか》づいている！

「バカ！　そのお兄《にい》ちゃん巻《ま》きこんじゃだめーっ」

あたしはさけんだが、もう遅《おそ》かった。ぶしゃーっと噴射《ふんしゃ》された水《みず》は、弘光《ひろみつ》くんの背中《せなか》に命中《めいちゅう》した。

「こいつ、やりやがったな！　リア充《じゅう》なめんなよ！」

「……!?」

弘光《ひろみつ》くんはそのままチビたちをおいかけて、いっしょに遊《あそ》び始《はじ》める。

すごい。笑《わら》ってる。
楽《たの》しそう。
弘光《ひろみつ》くんて、こんな人《ひと》だったんだ。
こんな顔《かお》して笑《わら》うんだ。
あたしも楽《たの》しくなってきた。
何年《なんねん》ぶりだろう、こんなバカなことして遊《あそ》んだの。
「コースケ、うしろうしろ！」
気《き》がついたらあたしは、弘光《ひろみつ》くんの下《した》の名前《なまえ》を呼《よ》んでいた。
自分《じぶん》でもびっくりしたけど、弘光《ひろみつ》くんはもっとびっくりしたみたい。
一瞬《いっしゅん》あたしたちは見《み》つめあう。
弘光《ひろみつ》くんは、うれしそうに笑《わら》った。
「……はとり」
はとりちゃん、じゃなくて、はとり、と。弘光《ひろみつ》くんが呼《よ》んだ。
胸《むね》が、きゅん、とした。

しまった。ほんとうに困《こま》った。

日《ひ》が暮《く》れた街《まち》を弘光《ひろみつ》くんとふたりで歩《ある》きながら、あたしはものすごく動揺《どうよう》していた。

「楽《たの》しかったね」

弘光《ひろみつ》くんが笑《わら》う。

おう。楽《たの》しかったよ。楽《たの》しかったともさ。

「……オレ、結構《けっこう》はとりちゃんのこと、好《す》きかも」

「……!?」

ドドドドド、と、心臓《しんぞう》が高鳴《たかな》る。やばい。ものすごくやばい。

「で、どう？　はとりちゃんも、オレのこと好《す》きになってきた？」

見《み》すかされてるようでドキッとする。あぶねぇ。だまされるな。

意外《いがい》な一面《いちめん》を見《み》せて、女《おんな》の子《こ》をきゅんとさせるとか、これがやつの手口《てぐち》なんだよ。

そうだ。中島《なかじま》とオヤジの言《い》ってた、あれだよ。ギャップだよ。

ううう、でも……なんとなく……。

あたし、弘光《ひろみつ》くんのこと、なんにも知《し》らないかもしれない。

もっと知《し》りたいような気《き》が……してきた。

と、そのとき。

「コースケ？」

うしろから、女《おんな》の人《ひと》の声《こえ》がした。

ふりかえると、なんだかすごく色《いろ》っぽい女《おんな》の人《ひと》が、ふにゃふにゃと笑《わら》いながら近《ちか》づいてくる。酔《よ》っ払《ぱら》ってるっぽい。

「……恵美《えみ》さん？」

「やっぱりコースケだ」

恵美《えみ》、と呼《よ》ばれた女《おんな》の人《ひと》は、だらりと弘光《ひろみつ》くんにもたれかかった。

「なぁに？　また女《おんな》の子《こ》泣《な》かせてんのぉ？」

恵美《えみ》さんは、にんまり、と笑《わら》った。

な、なんだ!?

なんだ、この女子力《じょしりょく》だだ漏《も》れ女《おんな》は!?

8. 恋《こい》、なのかもね —— 弘光《ひろみつ》

恋愛《れんあい》なんかで泣《な》いたりわめいたり、バカみたいだと思《おも》っていた。

自分《じぶん》の感情《かんじょう》くらいコントロールできないの?

好《す》きとか嫌《きら》いとか——全部《ぜんぶ》思《おも》いこみじゃん、って。

まあ、オレ、弘光廣祐《ひろみつこうすけ》が、こういう人間《にんげん》になったことについては、いろいろと理由《りゆう》があるわけなんだけど。

そのきっかけというか原因《げんいん》というか、なんかそんな感《かん》じの人《ひと》に、よりによってこのタイミングで会《あ》ってしまうってのは、どうなんだろうね?

べろんべろんに酔《よ》っ払《ぱら》って足元《あしもと》もおぼつかなそうな恵美《えみ》さんを放《ほう》っておくわけにもいかず、オレは結局彼女《けっきょくかのじょ》に肩《かた》を貸《か》して、彼女《かのじょ》のマンションへと送《おく》ってきた。

なりゆきで、はとりちゃんもいっしょだ。べつに帰《かえ》ってもよかったと思《おも》うんだけど、気《き》になるんだろうね、ついてきちゃった。

「……えー、このたいへん酒臭《さけくさ》いお方《かた》は？」

慣《な》れた手《て》つきで恵美《えみ》さんをソファに寝《ね》かせるオレに、はとりちゃんがおそるおそる聞《き》いてくる。

「中学《ちゅうがく》のとき、オレの家庭教師《かていきょうし》だった人《ひと》」

「あー」

ちょっとほっとしたような顔《かお》になったはとりちゃんに、でもオレは容赦《ようしゃ》なく事実《じじつ》をつけ足《た》した。

「で、元《もと》カノ」

「……!?」

はとりちゃんは、顔《かお》に全部出《ぜんぶで》るので見飽《みあ》きない。

「大学生《だいがくせい》が中学生《ちゅうがくせい》たぶらかすって、犯罪《はんざい》だよねー。オレ、この人《ひと》に、悪《わる》いこととか悪《わる》いこととか悪《わる》いこととか、いっぱい教《おし》えてもらったんだ」

おーおーおー、はとりちゃんの目《め》が泳《およ》いでいる。いろいろ想像《そうぞう》しているな。

「でも、最後《さいご》は、ほかの男《おとこ》に取《と》られて捨《す》てられちゃったんだけどね」

「え……」

おっと、笑《わら》うかと思《おも》ったら、なんか真顔《まがお》になったぞ。いい子《こ》だね。

と、そのとき、恵美《えみ》さんがむっくりと起《お》きあがった。

「コースケ、これ外《はず》してぇ」

甘《あま》えた声《こえ》で、自分《じぶん》のネックレスをつまむ。

「はいはい」

ほんとうに取《と》れないのか、それとも、そういう演技《えんぎ》なのか。

オレが恵美《えみ》さんのネックレスを外《はず》すのを、はとりちゃんはぼうぜんと見《み》ている。

「あと、ノドかわいた、お水《みず》～」

「はいはい」

グラスがしまってある場所《ばしょ》も、冷蔵庫《れいぞうこ》にいつもミネラルウォーターが入《はい》ってることも、オレは知《し》っている。

「……なんだかんだ言《い》って、今《いま》でも恵美《えみ》がいちばんなんだよね、コースケは」

恵美《えみ》さんは、つっ立《た》ったままのはとりちゃんに、勝《か》ち誇《ほこ》ったようにそう言《い》った。

「私《わたし》にその気《き》がないってわかってても、こうやって構《かま》われるのがうれしいんだよ、ねぇ」

ははは、とオレは笑《わら》う。

「いろんな女《おんな》の子《こ》と遊《あそ》ぶのも、結局《けっきょく》は恵美《えみ》のことが忘《わす》れられないからで、そういうトコ、ほんとうにお子《こ》ちゃまっていうか」

「**……おい、オバサン！**」

恵美《えみ》さんをさえぎったのは、はとりちゃんだった。

「……え、恵美《えみ》のこと？」

「そうだよ！　見《み》る目《め》ないオバサン！」

オレは、ちょっとびっくりした。

はとりちゃん、どうした!?

なんでマジギレしてんの⁉

「弘光《ひろみつ》くんは、カッコイイんだからね！」

はとりちゃんの目《め》には、うっすら涙《なみだ》が浮《う》かんでいた。

「弘光《ひろみつ》くんがやさしくて、気配《きくば》り上手《じょうず》で、唇《くちびる》がプルプルだからって調子《ちょうし》のっちゃって……いつまでも自分《じぶん》の所有物《しょゆうぶつ》です、みたいな顔《かお》しちゃって独占欲《どくせんよく》だけ出《だ》して、おまえ利太《りた》か！」

「り、りた？」

突然《とつぜん》意味《いみ》のわからないことを言《い》われて、恵美《えみ》さんは目《め》をぱちくりしている。

そうか。はとりちゃんは、寺坂《てらさか》くんに都合《つごう》のいいようにキープされてる自分《じぶん》と、オレの立場《たちば》を重《かさ》ねちゃったんだね。

「弘光《ひろみつ》くんをフッたこと、絶対後悔《ぜったいこうかい》するよオバサン！　だから自信持《じしんも》っていいんだからね、弘光《ひろみつ》くん！」

後半《こうはん》はオレにむかって言《い》う。すっごい真剣《しんけん》な顔《かお》で、オレをはげましてる。

やっべえ、サイコーだよはとりちゃん！

見《み》て。恵美《えみ》さんの顔《かお》。ボーゼンとしてる。

ゲラゲラ笑《わら》い出《だ》したオレに、はっと我《われ》に返《かえ》ったのか、はとりちゃんは、急《きゅう》にうろたえだした。

「えっ、あっ、ってことで……あばよっ！」

だれかのモノマネっぽいセリフを残《のこ》して、玄関《げんかん》を飛《と》び出《だ》していく。オレはしばらく笑《わら》いがとまらなかった。

「……なに今《いま》のバカ？　ああいう感情論《かんじょうろん》でしか話《はな》せないやつって無駄《むだ》に疲《つか》れるわ。コースケも、つきあう子《こ》は選《えら》びなって、私《わたし》、いつも言《い》ってるよね」

そういう恵美《えみ》さんも、図星《ずぼし》さされてムカツクって顔《かお》かくせてなくて、ほんとうにバカみたいだよ。

オレは、水《みず》のグラスをテーブルに置《お》いて、恵美《えみ》さんに顔《かお》を近《ちか》づけた。お酒《さけ》のにおいと、いつもの香水《こうすい》のにおいがした。

「つまんないから、帰《かえ》っていい？」

「……す、好《す》きにすれば!?　そのかわり、もう二度《ど》と――」

うん。そう言《い》えばオレがあやまると思《おも》ってるんでしょう？

「二度《ど》と、恵美《えみ》さんの前《まえ》にはあらわれないよ」

きっぱり言《い》い放《はな》つと、恵美《えみ》さんの顔《かお》は真《ま》っ青《さお》になった。

「オレ、あんたが思《おも》ってるほど、もう、あんたに興味《きょうみ》ないんだよね」

言《い》い捨《す》てて、オレは恵美《えみ》さんのマンションを後《あと》にした。

うしろ手《で》にしめたドアをあけることは、もう二度《ど》とないと思《おも》う。

「オレ、今《いま》はさ、目《め》がはなせないんだよ――あの子《こ》から」


そう。最初《さいしょ》は、からかうつもりだったんだ。

クラスメートの女《おんな》の子《こ》たちの中《なか》で、オレなんか眼中《がんちゅう》にナイって感《かん》じのはとりちゃん。

幼《おさな》なじみの寺坂《てらさか》くんに夢中《むちゅう》で、その恋《こい》がなにか特別《とくべつ》なものだってカンチガイしちゃってて、すっごくおもしろかった。

オレ、そういう女《おんな》の子《こ》って凹《へこ》ませたくなるし、とことん現実《げんじつ》見《み》せたくなるの。

でも――なんだか、ほんとに楽《たの》しくなってきちゃってね。

はとりちゃんって、今《いま》までオレのまわりにいなかったタイプで、なにしてても新鮮《しんせん》だし、見《み》てて飽《あ》きなくてさー。
これが恋《こい》かどうかはよくわかんないけど、とりあえず。
もうちょっとだけ、オレを楽《たの》しませてよ。
ね——はとりちゃん。

9．そして、花火大会《はなびたいかい》――はとり

「……なにやってんだ、あたし」

恵美《えみ》さんのマンションを飛《と》び出《だ》してきたあたしは、駅前《えきまえ》のベンチに座《すわ》って頭《あたま》をかかえていた。

「いや、ホント、なにやってんだ、あたし!!」

もうなにがなんだかわからん！　自分《じぶん》の気持《きも》ちがまったくわからなくなってきた！

あたしはなんでこんなことしてるんだ!?

もうダメ。利太《りた》、利太《りた》の声《こえ》が聞《き》きたい！

あたしは、気《き》がつくとスマートフォンを取《と》り出《だ》して、利太《りた》に電話《でんわ》をかけていた。

プルル……と呼《よ》び出《だ》し音《おん》の後《あと》――ぶっきらぼうな利太《りた》の声《こえ》。

「なに？」

「あ、いや、えっと……」

しまったー！　なんの用事《ようじ》もないのに電話《でんわ》してしまった！

一ケ月《いっかげつ》ぶりの利太《りた》の声《こえ》。あたしはパニックになる。

「え、なんだよ？」

利太《りた》が困惑《こんわく》している！　なんだと言《い》われても、なにを言《い》えばいいんだ……!?

そのとき、あたしの目《め》に、すぐ横《よこ》の案内板《あんないばん》に貼《は》られたポスターがうつった。

『サマー花火大会《はなびたいかい》』

その日付《ひづけ》は——明日《あした》！　そうだ！　そうだった！　これだー！

「あのさ！　明日花火《あしたはなび》いかない!?」

「——わかった。じゃ明日《あした》」

……今《いま》、なんつった!?

「えっ、いくの!?」

「は？　自分《じぶん》から誘《さそ》っといてなんだよ。いくって言《い》ってるだろ」

じゃあ明日《あした》、と電話《でんわ》は切《き》れた。

マジで!?　利太《りた》と花火《はなび》デート!?

これは夢《ゆめ》じゃなかろうか！


次《つぎ》の日《ひ》の夜《よる》。待《ま》ち合《あ》わせ場所《ばしょ》に、利太《りた》は浴衣《ゆかた》を着《き》てきてくれた。

「……ホントにきてくれたんだ……」

黒地《くろじ》にブルーグレーの細《ほそ》いラインが入《はい》った浴衣《ゆかた》は、大人《おとな》っぽくてカッコイイ。

思《おも》わずニヤける顔《かお》を自分《じぶん》でパチンと叩《たた》く。

今日《きょう》はいつもみたく、利太《りた》、利太《りた》、ってはしゃがない！　ギャップを見《み》せなきゃ！

「久《ひさ》しぶり、利太《りた》」

クールな感《かん》じで笑《わら》ってみる。

「おう」

利太《りた》は、ちょっと調子《ちょうし》くるったような顔《かお》で返事《へんじ》をした。おお、やっぱりとまどってる、とまどってるよー。

「ちゃんと浴衣《ゆかた》着《き》てきてくれたんだね」

「おまえが着《き》ろって言《い》うから」

そう言《い》い捨《す》てて歩《ある》き出《だ》す。

あー、久《ひさ》しぶりの生《なま》利太《りた》、やばい～！

利太《りた》の声《こえ》。利太《りた》の背中《せなか》。利太《りた》のにおい……ああ、会《あ》いたかった、会《あ》いたかったよぉ～！

でもダメダメ！　顔《かお》に出《だ》しちゃダメ！

と、そのとき、団体《だんたい》の客《きゃく》が急《きゅう》に道《みち》にあふれ出《だ》して、あたしは突《つ》き飛《と》ばされそうになった。

「あぶねぇ」

利太《りた》の手《て》が！　あたしの肩《かた》を抱《だ》いている！

「ほら、はなれんなよ」

相変《あいか》わらずの乱暴《らんぼう》な仕草《しぐさ》だったけど、あたしを自分《じぶん》の前《まえ》に押《お》し出《だ》して、うしろから守《まも》るように歩《ある》き出《だ》した。

「その髪《かみ》、いいじゃん」

さらに髪型《かみがた》をほめてくれた!?　あたしは動揺《どうよう》する。

(なんか……利太《りた》が、あたしを女《おんな》の子《こ》として扱《あつか》ってくれてる気《き》がする……?)

これが、これがギャップ効果《こうか》なのか!?

やばい、あたし、いつも利太《りた》とどんな話《はなし》してたっけ!?　クールぶってたら会話《かいわ》がつづかないよ〜。

うれしいのとあせってるのとで、変《へん》な汗《あせ》が出《で》てきた。

どうしよう、間《ま》が持《も》たない。

そのとき――……。

「へぇ〜いいじゃん、浴衣《ゆかた》」

「!?」

いきなり目《め》の前《まえ》にあらわれたのは――浴衣姿《ゆかたすがた》の弘光《ひろみつ》くんだった……。

なぜだ。なぜこうなってしまうんだ。

あたしは、弘光《ひろみつ》くんと利太《りた》にはさまれて、神社《じんじゃ》の広場《ひろば》に座《すわ》っていた。

花火《はなび》はまだ始《はじ》まらない。まわりはどんどん人《ひと》が増《ふ》えてきている。

利太《りた》とふたりで気《き》まずいとは思《おも》っていたけど、まさかさらに気《き》まずいやつに会《あ》ってしまうなんて。

「はとりちゃん、これあげる」

弘光《ひろみつ》くんはにっこり笑《わら》いながら、紙切《かみき》れを目《め》の前《まえ》に差《さ》し出《だ》した。

「あっちの屋台《やたい》の、イカ焼《や》き引換券《ひきかえけん》」

「あ、ありがとう……でも」

「昨日《きのう》のお礼《れい》」

にっ、と笑《わら》って利太《りた》を見《み》た。わーわーわー、そんな意味《いみ》ありげなこと言《い》うな！　利太《りた》が誤解《ごかい》する！　もう完全《かんぜん》に誤解《ごかい》してる目《め》で弘光《ひろみつ》くんを見《み》てる！

「えっと、えっと、弘光《ひろみつ》くん、ひとり？」

「まさかぁ。バイト先《さき》のコたちと合流《ごうりゅう》するとこ」

「そっかそっか」

ちょっとホッとしたあたしに、弘光《ひろみつ》くんはにんまりと言《い》う。

「はとりちゃんがいてほしいなら、いっしょにいるよ？」

「いや、えーと……」

「はとり」

おっと!?　利太《りた》がなんかすごい真剣《しんけん》な顔《かお》であたしを見《み》てるぞ!?

「おまえ、そいつのことどう思《おも》ってんの？」

こ、これは、これは前《まえ》と同《おな》じ、ヤキモチ妬《や》いてるのか……!?

「い、いや、どうって……」

ちらっと弘光《ひろみつ》くんを見《み》ると、彼《かれ》はそっとあたしにささやいた。

「ないしょ、って言《い》ってみ？」

「な、な・い・しょ？」

ふんっ、と利太《りた》はそっぽをむく。

「くだんね」

おこっちゃったじゃないのよ!!　あたしは口《くち》をパクパクさせて弘光《ひろみつ》くんに文句《もんく》を言《い》いかけた。でも弘光《ひろみつ》くんはてんでおかまいなしだ。

「はとりちゃん、イカ焼《や》きもらってきなよ。早《はや》くしないとなくなっちゃうかもよ」

いや、でもさぁ。

「いってこいよ、はとり」

なぜか利太《りた》もそう言《い》った。こ、これは、ちょっと席《せき》を外《はず》せということか!?　男同士《おとこどうし》で話《はなし》つけようぜって合図《あいず》か!?

「じゃ、じゃあ、ダッシュでいってくる！　すぐもどってくるから！」

ケンカをやめて！　あたしのために争《あらそ》わないで！　と、昭和《しょうわ》のアイドルの歌詞《かし》みたいなシチュエーションにちょっと酔《よ》いながら、あたしは下駄《げた》をカラカラ鳴《な》らしてその場《ば》をはなれた。

10. ゆれる想《おも》い　──　利《り》太《た》

「あんまり、はとりのことからかうなよ」

はとりの姿《すがた》が人《ひと》ごみのむこうに見《み》えなくなってから、俺《おれ》は弘《ひろ》光《みつ》をにらみつけた。

「なに？　気《き》になっちゃう感《かん》じ？」

弘《ひろ》光《みつ》は相《あい》変《か》わらずへらへらしている。

「どうせ遊《あそ》びでチョッカイだしてんだろ──あいつバカだから、かんちがいすっから。おまえがいつも遊《あそ》んでる女《おんな》とはちげぇんだよ」

俺《おれ》の言《こと》葉《ば》に、弘《ひろ》光《みつ》はにんまりと笑《わら》った。

「じゃあさー、オレが本《ほん》気《き》だったら、寺《てら》坂《さか》くんは納《なっ》得《とく》すんの？」

「いや、べつに俺《おれ》には──」

「まさか、ここで安《あ》達《だち》さんの名《な》前《まえ》出《だ》す気《き》？」

一瞬絶句《いっしゅんぜっく》した俺《おれ》に、弘光《ひろみつ》はたたみかける。

「悪《わる》い男《おとこ》だねぇ。オレなんかより、ずっとタチ悪《わる》い」

「……おまえ、いい加減《かげん》に」

「いい加減《かげん》にするのはアンタだよ」

弘光《ひろみつ》は立《た》ちあがり、白《しろ》っぽい浴衣《ゆかた》の裾《すそ》を直《なお》しながら俺《おれ》を見《み》おろす。

「そうやってはとりちゃんを心配《しんぱい》してるふりして、結局《けっきょく》は自分《じぶん》のことを無条件《むじょうけん》で好《す》きでいてくれる彼女《かのじょ》を手放《てばな》したくないだけ。はとりちゃんが一生男《いっしょうおとこ》なんてつくんないで、自分《じぶん》だけ見《み》てればいいって思《おも》ってるんでしょ」

俺《おれ》は——言《い》いかえせなかった。

「まあそうやって、生《い》かさず殺《ころ》さず期待《きたい》させてれば、はとりちゃんはずーっと好《す》きでいてくれるよ。残酷《ざんこく》だよねぇ」

じゃあねー、と雑《ざつ》に手《て》をふって、弘光《ひろみつ》は去《さ》っていった。

俺《おれ》は、ひとりでベンチに座《すわ》ったまま、ずっとうつむいていることしかできなかった。

「お、お待《ま》たせぇ！」

そこへ、はあはあと息《いき》を切《き》らしながら、はとりがかけもどってきた。

「あれ？　弘光《ひろみつ》くんは？」

キョロキョロとあたりを見《み》まわし、それからあわてたように俺《おれ》に言《い》い訳《わけ》をする。

「ひ、弘光《ひろみつ》くんからなんか聞《き》いたかもしれないけど、それ冗談《じょうだん》だから！　あたし、弘光《ひろみつ》くんのことはなんとも思《おも》ってないから！」

「べつにいいから」

俺《おれ》は目《め》をそらしたままそう言《い》った。そうだ。べつに――かまわない。

はとりが、弘光《ひろみつ》を好《す》きになったなら、それはしかたのないことだ。

俺《おれ》に言《い》い訳《わけ》する必要《ひつよう》なんかないんだ。

ところが。

「――いくない！」

いきなりはとりは俺《おれ》の顔《かお》を両手《りょうて》ではさんで、ぐいっと自分《じぶん》のほうをむかせた。

「来年《らいねん》も再来年《さらいねん》もその次《つぎ》の年《とし》も……いっしょに花火《はなび》を見《み》たいのは利太《りた》だけだもん……！

あたしには、ずっと利太《りた》だけだもん！」

ずっと、利太《りた》だけ。

俺《おれ》は唇《くちびる》をかんだ。

「……俺《おれ》は、〝ずっと〟なんて信《しん》じない」

「え？」

はとりがおどろいて目《め》を見《み》ひらく。俺《おれ》はその手《て》をふりほどいて顔《かお》をそらした。

少《すこ》しむこうを、小《ちい》さい男《おとこ》の子《こ》の手《て》をひいた若《わか》い母親《ははおや》が歩《ある》いていくのが見《み》えた。

幸《しあわ》せそうに笑《わら》っている。母親《ははおや》も、子《こ》どもも。

——そうだ。俺《おれ》だって、あのぐらいのころは、ずっと幸《しあわ》せがつづくと思《おも》っていた。

母《かあ》ちゃんが俺《おれ》の手《て》をはなして、知《し》らない男《おとこ》とどこかへいってしまうなんて、思《おも》ってもみなかった。

「……最後《さいご》には、みんないなくなっちまうに決《き》まってんだ……」

「な、なに言《い》ってんの利太《りた》……」

安達《あだち》だってそうだ。

あんな夢《ゆめ》とか持《も》ってるすごいやつは、俺《おれ》なんかじゃいつか物足《ものた》りなくなるんだ。

そうだ。弘光《ひろみつ》の言《い》うとおりだ。俺《おれ》が悪《わる》いから、みんな俺《おれ》のところからいなくなる。

「母《かあ》ちゃんも、安達《あだち》も、おまえも……いつかは」

「**あたしはちがう！**」

はとりがさけんだ。俺《おれ》は大人《おとな》げなく言《い》いかえす。

「よく言《い》うよ。俺《おれ》がいなくても夏休《なつやす》み楽《たの》しんでたくせに」

はとりの顔色《かおいろ》がかわった。

おこるだろうな、と思《おも》った。きっとあきれていってしまうだろうと。

ところが、はとりはいきなりその場《ば》に手《て》をついて、俺《おれ》に頭《あたま》をさげたのだ。

「ごめんなさいっ！」

「は？」

なんであやまられるのかわからず、ぼうぜんとする俺《おれ》にすがりついて、はとりは言《い》う。

「さびしかったよね、悲《かな》しかったよね、ホントにホントにごめんなさい！　利太《りた》をひとりぼっちにさせちゃって！」

「いや……」

「ギャップ！　ギャップ大作戦《だいさくせん》だったの！」

はとりは訳《わけ》のわからないことを言《い》い出《だ》す。

「いつもデレデレより、ちょっとツンツンしてみせたほうが利太《りた》の気《き》をひけるって言《い》われて！」

でもね、と、いきなりはとりは、手《て》に持《も》っていた小《ちい》さな巾着袋《きんちゃくぶくろ》から、スケジュール帳《ちょう》を取《と》り出《だ》してひらくと、俺《おれ》の目《め》の前《まえ》につき出《だ》した。

「あたし、ホントは毎日《まいにち》、利太《りた》に会《あ》いたくて会《あ》いたくてしょうがなかったの！」

八月《がつ》のカレンダーのページ。今日《きょう》までの全部《ぜんぶ》の日付《ひづけ》に×《ばつ》が書《か》かれている。

どのマスにも、はとりの字《じ》で、俺《おれ》の名前《なまえ》が書《か》かれていた。

『利太《りた》に会《あ》いたい』

『利太元気《りたげんき》かな』

『利太《りた》のにおいかぎたい』

最後《さいご》のはちょっとひくが、俺《おれ》は——うれしかった。

「でも、これも全部言《ぜんぶい》い訳《わけ》だよね！　利太《りた》が言《い》うように、弘光《ひろみつ》くんに遊《あそ》んでもらったり、ひとりで楽《たの》しんでた！　利太《りた》の気持《きも》ちぜんぜん考《かんが》えずに、自分勝手《じぶんかって》でホントにごめん！」

はとりは、うっすら涙《なみだ》を浮《う》かべて言《い》う。

「でも決《き》めた。もうはなれない。ひとりよがりだろうがなんだろうが、あたし、利太《りた》に一《いっ》生《しょう》つきまとうから！」

「……こえ～」

うっかり茶化《ちゃか》すように言《い》うと、はとりは本気《ほんき》でおこったらしい。

「人《ひと》がまじめに話《はな》してるのに！」

ふりあげられたはとりの手《て》を、俺《おれ》はつかんだ。

「……はとりって、こんなやさしかったっけ？」

俺《おれ》が今《いま》欲《ほ》しい言葉《ことば》を、全部《ぜんぶ》言《い》ってくれた。

ほんとうにずっといっしょにいてくれるっていうのか。

気《き》がつくと――俺《おれ》は、はとりをひきよせて、キスしていた。

花火《はなび》があがる音《おと》がした。

あああ……やってしまった。

俺《おれ》は、ものすごく動揺《どうよう》していた。

花火大会《はなびたいかい》がおわったあと、俺《おれ》たちはそのまま近所《きんじょ》のファミレスに入《はい》り、窓《まど》ぎわの席《せき》でむかいあっている。

ほんとうは逃《に》げ出《だ》したかったのだが、はとりにがっちり手《て》をつかまれて、ここにひっぱりこまれてしまったのだ。

とはいえ、はとりも混乱《こんらん》しているらしい。

しばらくだまりこんで、はげしく視線《しせん》を泳《およ》がせていたが、ようやく口《くち》をひらいた。

「……あの、あれでしょ。さっきの、そんな意味《いみ》なくしちゃったんでしょ、キス」

「そんなんじゃねぇよ！」

俺《おれ》はさけんだ。

「俺《おれ》がしたかったからしたんだ」

そう。それはほんとうだ。

「……だから困《こま》ってんだろ」

今《いま》まではとりを、女《おんな》として見《み》たことなんかなかった。キスしたいと思《おも》ったのなんか初《はじ》めてで——しかも、よりによって安達《あだち》がいないときに……俺《おれ》は。ああ俺《おれ》は。

「利《り》太《た》——好《す》き」

いきなり、はとりが言《い》う。

「なんだよ急《きゅう》に」

「急《きゅう》じゃないよ！　あたしね、昔《むかし》から利《り》太《た》といるときがいちばん幸《しあわ》せで楽《たの》しくて、ドキドキしてワクワクして、んで、えっと、ほらさ、いっしょにいて落《お》ちつくっていうか」

「…………」

そうだな。はとりといるときが、俺《おれ》もいちばん楽《たの》しいかもしれない。

「あたしといれば、毎日《まいにち》利《り》太《た》を楽《たの》しませるし、利《り》太《た》をいじめるやつは許《ゆる》さない。さびしくなるヒマなんかないぐらい、いっしょにいる！」

はとりは前《まえ》のめりになって言《い》う。

そうだ。ずっとはとりは、そう言《い》ってくれていた。

そして、ほんとうにずっとそばにいてくれた――……。

「……俺《おれ》」

俺《おれ》も、おまえといるときがいちばん落《お》ちつく、と言《い》いかけたとき。

コンコン、と、すぐ横《よこ》のガラス窓《まど》が、外《そと》からたたかれた。

「え？」

おどろいてそっちを見《み》る。

そこに立《た》っていたのは――安達《あだち》だった。

「あ、安達《あだち》!?」

今日《きょう》帰国《きこく》するとは聞《き》いていたけど、なぜここに!?

安達《あだち》は少《すこ》しやせていた。前髪《まえがみ》も少《すこ》し伸《の》びて、大人《おとな》っぽく見《み》えた。

俺《おれ》は、思《おも》わずはとりを見《み》た。

はとりは少《すこ》し青《あお》ざめていたが、決心《けっしん》したような顔《かお》で言《い》った。

「利太《りた》――いかないで」

俺《おれ》は絶句《ぜっく》する。

「まだ話《はなし》がおわってない……だから」

あせった俺《おれ》は、今度《こんど》は窓《まど》のむこうの安達《あだち》を見《み》た。

ほっとしたような笑顔《えがお》。大《おお》きな荷物《にもつ》。俺《おれ》を疑《うたが》っていない、まっすぐな目《め》。

急《きゅう》に、休《やす》み中《ちゅうなん》何度《ど》か届《とど》いた安達《あだち》からのメールの文章《ぶんしょう》がよみがえってくる。


『言葉《ことば》が通《つう》じないし、食《た》べものも合《あ》わなくて、大変《たいへん》です』

『毎日《まいにち》が新《あたら》しい発見《はっけん》で、自分《じぶん》の考《かんが》えの甘《あま》さに落《お》ちこんだりもしました』

『でも、そんな中《なか》、私《わたし》ががんばろうと思《おも》えるのは、寺坂《てらさか》くんがいるからだと思《おも》います』


だめだ。こんな中途半端《ちゅうとはんぱ》なままにしたら、俺《おれ》はほんとうに最低野郎《さいていやろう》になってしまう。

「悪《わる》い……ちょっと時間《じかん》をくれ」

そう言《い》って俺《おれ》は立《た》ちあがった。

「ちょっととか、そういう言葉《ことば》で逃《に》げないでよ！」

逃《に》げるなと言《い》われて、俺《おれ》はぎょっとする。

「あ、明日《あした》――明日中《あしたじゅう》に、ちゃんとケリつけるから」

そう言《い》って――俺《おれ》は、ファミレスを飛《と》び出《だ》した。

逃《に》げることしか、できなかった。

11. どうせ偽善者《ぎぜんしゃ》なら ―― 安達《あだち》

私《わたし》がメキシコから帰《かえ》ってきた次《つぎ》の日《ひ》、二学期《がっき》が始《はじ》まった。

時差《じさ》ぼけでぼんやりしながら学校《がっこう》への道《みち》を歩《ある》いていると、同《おな》じクラスの女《おんな》の子《こ》たちが私《わたし》をおいぬいていく。

私《わたし》に気《き》がついていたみたいだけど、もちろんおはようなんて言《い》われない。

そのかわりに、ちらりと私《わたし》を見《み》て、聞《き》こえよがしに笑《わら》った。

「ねー、聞《き》いた？　昨日《きのう》の花火大会《はなびたいかい》のこと」

「あー聞《き》いた聞《き》いた、はとりと寺坂《てらさか》くんでしょー。なんか手《て》ぇつないでたって」

「恋人同士《こいびとどうし》みたいだったってー」

「やるねぇ、はとり！」

あっはははは、と、ふたりは笑《わら》いながら歩《ある》いていく。

私《わたし》は――ぼうぜんと立《た》ちつくした。

私《わたし》のフルネームは安達未帆《あだちみほ》。でも、それを知《し》っている人《ひと》はそんなにいない。子《こ》どものころから、家族以外《かぞくいがい》に「未帆《みほ》ちゃん」と呼《よ》ばれたことはない。

だって、そういうキャラじゃないから。友《とも》だちもいなかったし。

私《わたし》って、ほら、野暮《やぼ》ったいし、おもしろいこと言《い》えないし、中学《ちゅうがく》のときとかもクラスの子《こ》に、私《わたし》と仲《なか》よくしてると「ダサイって思《おも》われちゃう」って言《い》われた。

でもしかたないって思《おも》ってた。ほんとうのことだし。

それに、友《とも》だちって、無理《むり》してつくるものじゃないし。

男《おとこ》の子《こ》たちは私《わたし》を、いないものとして無視《むし》するか、ブスとかメガネとか言《い》って、あからさまにからかってくるかのどっちかだった。

でも、それもしかたないと思《おも》っていた。

恋《こい》とか、おつきあいとかは、私《わたし》とはちがう世界《せかい》のできごと。

キラキラしたおしゃれな女《おんな》の子《こ》と、そういう子《こ》のことが好《す》きな男《おとこ》の子《こ》がするもので、私《わたし》みたいな地味《じみ》で暗《くら》い子《こ》とはなんの関係《かんけい》もない話《はなし》。

でも——そんな私《わたし》に、ふつうに話《はな》しかけてくれる男《おとこ》の子《こ》がいた。

クラスでもクールなイケメンで目立《めだ》っていた、寺坂《てらさか》くん。

ある日《ひ》、寺坂《てらさか》くんは、不良《ふりょう》にからまれている私《わたし》をかばってくれた。そして、人《ひと》の目《め》なんてどうでもいいって言《い》ってくれた。

その言葉《ことば》はほんとうにうれしかったけど、同時《どうじ》にきれいごとみたいに思《おも》えた。

だって、どうせ寺坂《てらさか》くんだって、私《わたし》みたいなのが告白《こくはく》してきたら困《こま》るでしょ？

それから、自分《じぶん》でびっくりした。男《おとこ》の子《こ》に告白《こくはく》する、なんて、今《いま》まで考《かんが》えたことすらなかったから。

そして初《はじ》めて、私《わたし》は自分《じぶん》が、恋《こい》をしたって気《き》づいた。

でも、どうせ応《こた》えてくれることなんかありえないと思《おも》ったから——思《おも》いきって、その日《ひ》のうちに「好《す》きです」って言《い》ってみた。

そしたら——寺坂《てらさか》くんは、いいよ、って。

じゃあ、つきあおうか、って、言《い》ってくれた。

『え……だって、いいんですか？　私《わたし》、ダサイし、いっしょに歩《ある》くのとか恥《は》ずかしくないんですか？』

『は？　好《す》きって言《い》われたらフツーにうれしいよ。安達《あだち》さんいい人《ひと》そうだし』

今《いま》からよろしくな、って、笑《わら》ってくれた。

そのときから、私《わたし》の世界《せかい》はかわった。

寺坂《てらさか》くんがいればなんでもできる、って思《おも》えた。

メキシコでの高校生《こうこうせい》サミットの話《はなし》も、今《いま》までの私《わたし》だったら、ひとりで海外《かいがい》なんてこわくて、ことわってしまったかもしれない。

でも――寺坂《てらさか》くんが待《ま》っていてくれるって思《おも》ったから、私《わたし》はがんばれた。

……それなのに。

上《うわ》ばきにはきかえて、とぼとぼとだれもいない廊下《ろうか》を歩《ある》いていると、少《すこ》し先《さき》に松崎《まつざき》さんが歩《ある》いているのが見《み》えた。

ものすごく浮《う》かれているのがうしろからでもわかる。

松崎《まつざき》さんは、なんでも顔《かお》や態度《たいど》に出《で》ちゃうタイプ。うれしいときはスキップするし、おこってるときはすっごくこわい顔《かお》になるし、落《お》ちこんでるときはほんとうに悲《かな》しそう。

だから、さっきの話《はなし》がほんとうだったんだなって、すぐにわかった。

昨日《きのう》ファミレスで見《み》かけたとき、ふたりが浴衣《ゆかた》を着《き》ていたから、花火大会《はなびたいかい》にいったんだなとは思《おも》ったけど。

でも——それは友《とも》だちとしてじゃなくて……。恋人《こいびと》みたいに手《て》をつないでたんだね。

「ま、松崎《まつざき》さん！」

私《わたし》は思《おも》わずうしろから声《こえ》をかけた。

松崎《まつざき》さんがぎょっとした顔《かお》でふりかえる。

「あの、あの、ごめんね——あんなこと人《ひと》にたのむなんて、どうかしてた」

私《わたし》は早口《はやくち》で言《い》った。

「え、なにが？」

松崎《まつざき》さんはものすごく動揺《どうよう》している。

「寺坂《てらさか》くんのそばにいて、なんて——でも私《わたし》、もう帰《かえ》ってきたし、だいじょうぶだから」

「いや、だいじょうぶとか言《い》われても」

「寺坂《てらさか》くんの彼女《かのじょ》は、私《わたし》だから！」

さけんでしまった。松崎《まつざき》さんはかたまっている。

「だから、私《わたし》が寺坂《てらさか》くんのそばにいるから！」

そうしたら――松崎《まつざき》さんは、ちょっとこわい顔《かお》になった。

「あんた、前《まえ》に自分《じぶん》で言《い》ったんじゃないの？　今《いま》までどおりでいいって。それで利太《りた》があたしのことを好《す》きになっても、うらんだりしないって」

今度《こんど》は、私《わたし》がかたまる番《ばん》だった。

「ボウリングのときも言《い》ったじゃん。あたしのこと戦友《せんゆう》だって。弘光《ひろみつ》くんに浮気《うわき》してないで、ちゃんと利太《りた》にまっすぐでいろって。あたしはあんたに言《い》われたとおりにしただけだよ」

松崎《まつざき》さんも、ちょっと泣《な》きそうな顔《かお》に見《み》えた。

そうだよね。だって、松崎《まつざき》さんは、寺坂《てらさか》くんの幼《おさな》なじみだもん。

ずっと、十年《ねん》も、寺坂《てらさか》くんのこと好《す》きだったんだもんね。

前《まえ》に見《み》せてもらったアルバムの写真《しゃしん》が、ふいに目《め》に浮《う》かんだ。

小学生《しょうがくせい》の寺坂《てらさか》くんと松崎《まつざき》さんが、大《おお》きな雪《ゆき》だるまと、二匹《ひき》の犬《いぬ》といっしょに写《うつ》っている写真《しゃしん》。犬《いぬ》の名前《なまえ》、ふたりで考《かんが》えてつけたんだって、前《まえ》に寺坂《てらさか》くんが言《い》ってたな。

「……そうだよね……ごめん」

あたしは急《きゅう》に恥《は》ずかしくなって、松崎《まつざき》さんから顔《かお》をそらし、それから走《はし》り出《だ》した。

でも、廊下《ろうか》の角《かど》を曲《ま》がったところで、いきなりだれかに肩《かた》をつかまれた。

「!?」

びっくりしてふりかえると、そこに立《た》っていたのは弘光《ひろみつ》くんだった。

私《わたし》はこの人《ひと》が苦手《にがて》。ハデだし、軽薄《けいはく》だし――それに、こわい。

「なんかさー、もう偽善者《ぎぜんしゃ》のフリ、やめたら？」

弘光《ひろみつ》くんは、なにもかもを見《み》すかすような目《め》をしていた。

「好《す》きなんでしょ、寺坂《てらさか》くんのこと。ならつなぎとめなよ……どんな手《て》を使《つか》っても」

弘光《ひろみつ》くんは、また私《わたし》のことを「偽善者《ぎぜんしゃ》」と呼《よ》んだ。

ホントにそのとおりだと思《おも》う。でも。

私《わたし》は――どうすればいいのかわからない。

ブンブンと首《くび》を横《よこ》にふる。

「あっそ」

弘光《ひろみつ》くんは、あきれたように、そう言《い》って去《さ》っていった。

だって、ほんとうに、どうしていいかわからないんだよ。

人《ひと》を好《す》きになるのも。男《おとこ》の子《こ》とおつきあいするのも。女《おんな》の子《こ》と恋敵《こいがたき》になるのも。

なにもかも初《はじ》めてなんだよ……。


その日《ひ》、私《わたし》は学校《がっこう》から帰《かえ》って、まっすぐに買《か》い物《もの》にいった。

メキシコにいく前《まえ》いつもそうしていたように、夕食《ゆうしょく》の材料《ざいりょう》を買《か》って、寺坂《てらさか》くんの家《いえ》へむかう。

なにもかわってないって思《おも》いたかった。

かわってないようにふるまえば、かわらないような気《き》がした。

チャイムを鳴《な》らすと、寺坂《てらさか》くんがびっくりした顔《かお》で出《で》てきた。

「安達《あだち》……」

なにか言《い》いたそうだったけど、無視《むし》して、ドアに体《からだ》を割《わ》りこませる。

「こんにちは！　買《か》い物《もの》してきたよ」

クツをぬいであがり、どんどん台所《だいどころ》にむかう。

「おい、安達《あだち》」

「今日《きょう》はね、グラタンとチーズカツ！　好《す》きでしょ両方《りょうほう》。それともなにかリクエストある？」

「いや、安達《あだち》、俺《おれ》、おまえにちょっと話《はなし》が」

さあっと血《ち》の気《け》がひく。

「は、花火大会《はなびたいかい》のことでしょ？」

「そ、そうだけど」

寺坂《てらさか》くんはどう切《き》り出《だ》したらいいのか困《こま》っていた。だから私《わたし》は先《さき》まわりして言《い》った。

「いいって。手《て》をつないだぐらい。私《わたし》、気《き》にしないから」

「……なんで」

知《し》ってるんだ、と言《い》いたいらしい。私《わたし》は笑《わら》う。

「みんなウワサしてたよ。でも私《わたし》、忘《わす》れるからだいじょうぶ」

早口《はやくち》で言《い》って、持《も》ってきたエプロンを取《と》り出《だ》した。でも、それを着《つ》けようとしたとき。

「……手《て》をつないだだけじゃなくて、俺《おれ》」

私《わたし》の手《て》がとまる。

「俺《おれ》――はとりとキスしたんだ」

「！！！」

――……うそ。

「ごめん……もう俺《おれ》、安達《あだち》とは」

「やだ！」

私《わたし》は思《おも》わずエプロンを寺坂《てらさか》くんに投《な》げつけていた。

「なにも聞《き》きたくない！」

聞《き》きたくない、聞《き》きたくない、聞《き》きたくない！

さけんだと同時《どうじ》に、ふっと目《め》の前《まえ》が暗《くら》くなった。

「安達《あだち》!?」

駆《か》けよってくる寺坂《てらさか》くんの姿《すがた》が、影《かげ》みたいになってにじんだ。


やっぱり、私《わたし》みたいな子《こ》じゃダメだったんだ。

松崎《まつざき》さんがうらやましい。

いつも明《あか》るくて、なんでも素直《すなお》に口《くち》に出《だ》せて。

私《わたし》は——「いい子《こ》」でいることしかできないから。


目《め》をあけると、心配《しんぱい》そうな寺坂《てらさか》くんの顔《かお》があった。

ぼんやりした頭《あたま》であたりを見《み》まわす。

寺坂《てらさか》くんの家《いえ》のリビングだ。私《わたし》はソファに寝《ね》かされていた。

窓《まど》の外《そと》はもう真《ま》っ暗《くら》で、あれからずいぶん時間《じかん》が経《た》ったのがわかった。

「……気分《きぶん》はどう？」

寺坂《てらさか》くんが心配《しんぱい》そうに言《い》って、毛布《もうふ》をかけなおしてくれた。
「…………」
だいじょうぶだよ、と言《い》いかけた唇《くちびる》が動《うご》かなかった。
『偽善者《ぎぜんしゃ》のフリやめたら？』
急《きゅう》に、弘光《ひろみつ》くんの声《こえ》がはっきりよみがえってきた。
『好《す》きなんでしょ、寺坂《てらさか》くんのこと。ならつなぎとめなよ……どんな手《て》を使《つか》っても』

私《わたし》は――いつも正《ただ》しい自分《じぶん》でありたかった。
人《ひと》にイヤな思《おも》いさせるぐらいなら、自分《じぶん》が損《そん》したほうがいいと思《おも》っていた。
でも――それで私《わたし》はなにを得《え》たの？
結局《けっきょく》世の中《なか》って、松崎《まつざき》さんみたいに好《す》きに生《い》きたもの勝《が》ちじゃない？
気《き》がついたら、涙《なみだ》がぽろぽろとこぼれてきた。
寺坂《てらさか》くんがぎょっとしてるのがわかる。

「最近《さいきん》ずっと……具合《ぐあい》悪《わる》くて……」

ウソだった。ただちょっとめまいがしただけ。

でもういい。

みっともなくても。卑怯《ひきょう》でも。もうかまわない。

「私《わたし》……寺坂《てらさか》くんがいたから、かわれたの。寺坂《てらさか》くんがいたから自信《じしん》が持《も》てるようになった。人《ひと》の目《め》を気《き》にせずいられた。私《わたし》、私《わたし》……」

ソファのはしに置《お》かれていた寺坂《てらさか》くんの手《て》を、ぎゅっとにぎった。

「……ねぇ、どうしたらいいの？　ひとりじゃ戦《たたか》えない……」

寺坂《てらさか》くんが困《こま》ってる。すごく悩《なや》んでる。

でも、もういい子《こ》のフリなんかしない。

「寺坂《てらさか》くんを失《うしな》ったら私《わたし》、なんにもなくなっちゃう……」

ひとりにしないで、と言《い》ったら。

寺坂《てらさか》くんが、ぎゅっと唇《くちびる》をかみしめるのが見《み》えた。

12. あたしの王子《おうじ》さま――はとり

「……今《いま》、なんて？」

あたしは、利太《りた》の言葉《ことば》がぜんぜん頭《あたま》に入《はい》ってこなくて、思《おも》わず聞《き》きかえした。

夜九時過《よるじす》ぎ。利太《りた》に、通学路《つうがくろ》の歩道橋《ほどうきょう》に呼《よ》び出《だ》されたあたしは、とうぜん「安達《あだち》さんと別《わか》れてきたから」と言《い》われると思《おも》っていた。っていうか、それしか考《かんが》えてなかった。

「だから、俺《おれ》、安達《あだち》のそばにいることにしたから」

「……ちょ……え？」

なに言《い》ってるの？

「だ、だって昨日《きのう》あたしにキスして……それに夕方《ゆうがた》LINE《ライン》で」

そう。五時過《じす》ぎにLINE《ライン》を送《おく》ったときも、『今日中《きょうじゅう》にちゃんと安達《あだち》と話《はなし》をするから』って言《い》ってたじゃん！

「……ごめん」

「いや、ごめんとかいいから！　ねぇ、ちゃんと話《はな》そ？　ほら、まだ今日《きょう》三時間《じかん》あるし」

あたしは利太《りた》にすがりついた。

でも、利太《りた》は目《め》をそらす。

「……あいつは、俺《おれ》がいないとダメなんだよ」

「……は？」

「俺《おれ》のこと、ほんとうに必要《ひつよう》としてたんだ」

「そんなんあたしだってそうだよ！　あたしだって、利太《りた》がいないとダメになっちゃうよ！」

あたしはさけんだ。

「でも、おまえには、中島《なかじま》とかだっているだろ——あいつには、ホント俺《おれ》だけなんだよ」

わかんない。なに言《い》われてるのかぜんぜんわかんない。

「そういうことじゃなくて！　利太《りた》はちょっとでもあたしのこと、好《す》きじゃなかったの!?」

利太《りた》は、あたしの体《からだ》を押《お》しのけて、苦《くる》しそうな顔《かお》で笑《わら》った。

「――俺《おれ》、もうおまえと関《かか》わんねーから。傷《きず》つけてごめん……ありがとな、俺《おれ》なんかを好《す》きになってくれて」

そう言《い》って――利《り》太《た》は歩《ある》き出《だ》した。

一度《ど》もふりかえらずに、歩《ほ》道《どう》橋《きょう》を下《お》りていく。

あたしは、もうおいかける気《き》力《りょく》もなくなっていた。

「なんで……？」

なんで神様《かみさま》は安《あ》達《だち》さんの味《み》方《かた》ばっかりするの。

さっきまで、あんなに幸《しあわ》せだったのは夢《ゆめ》だったのかな？

あたしには中島《なかじま》がいるとか――安《あ》達《だち》さんがひとりなのは、友《とも》だちつくる努《ど》力《りょく》してないからじゃん!!

なのに、なんで、なんであいつが選《えら》ばれるんだよ！

あたしが歩《ほ》道《どう》橋《きょう》のてすりにもたれて泣《な》き出《だ》した、ちょうどそのとき、ねらいすましたように、いきなり雨《あめ》が降《ふ》り始《はじ》めた。

激《はげ》しい雨《あめ》は、あたしの顔《かお》もびしょびしょにして、涙《なみだ》もなにもわからなくなった。

「……こんなドラマチックな演出《えんしゅつ》いらないし」

ちくしょう、中島《なかじま》に愚痴《ぐち》ってやる。

あたしはふらふらと歩道橋《ほどうきょう》を下《お》り、その下《した》の雨《あめ》のかからないところに立《た》つと、スマートフォンを取《と》り出《だ》してアドレス帳《ちょう》をひらいた。

そうしたら――弘光《ひろみつ》くんの名前《なまえ》が目《め》に入《はい》った。

思《おも》わず通話《つうわ》のアイコンにさわったけど、一回《いっかい》コールしただけですぐに切《き》る。

「……都合《つごう》よくなぐさめてもらおうとか、バカかよ……これじゃ恵美《えみ》さんと同《おな》じじゃん」

雨《あめ》はどんどんはげしくなっていく。

歩道《ほどう》を走《はし》っていく人《ひと》たち。カバンから折《お》りたたみ傘《がさ》を出《だ》してひらく人《ひと》。店《みせ》の軒先《のきさき》に入《はい》ってだれかに電話《でんわ》をしてる人《ひと》。

「……ほんとうにおわっちゃったんだ、利太《りた》と」

あたしは、ぽつんとつぶやいた。

「……いや、もともと始《はじ》まってもいなかったのかな」

目《め》の前《まえ》の雨《あめ》がスクリーンみたいになって、子《こ》どものころからの利太《りた》との思《おも》い出《で》がいっぱいあふれ出《で》てくる。

小六《しょう》のホワイトデーで、ほかの女《おんな》の子《こ》へのおかえしはふつうのクッキーだったのに、あたしにだけ、ビンに入《はい》ったキャンディだったこと。

ゲーセンのクレーンゲームで取《と》ったぬいぐるみを、いつもあたしにくれたこと。

中一《ちゅう》で、いっしょにめちゃくちゃでかいパフェ完食《かんしょく》したこと。

中三《ちゅう》のとき、あたしにちょっとストーカーっぽい男《おとこ》がついて、そのときすごく心配《しんぱい》してくれたこと。

利太《りた》といてうれしかったこと、全部《ぜんぶ》おぼえてる。

でも、それって全部《ぜんぶ》、あたしの思《おも》いこみだったんだ。

もうきっと、利太《りた》は忘《わす》れてるんだ。

「……利太《りた》を好《す》きなことぐらいしか取《と》り柄《え》ないのにな、あたし……」

もう、なんにもなくなっちゃった。

やっとちょっと乾《かわ》き始《はじ》めた顔《かお》に、また涙《なみだ》が流《なが》れていく。

……そのとき。

「……こんなところにいたの？」

いきなり、うしろから声《こえ》がした。

ふりかえると――弘光《ひろみつ》くんが立《た》っていた。

傘《かさ》もささずに、頭《あたま》からずぶぬれで。肩《かた》ではあはあ息《いき》をしてて。

もしかして――雨《あめ》の中《なか》、走《はし》ってきたの？

「……どうして」

「さっき、呼《よ》んだでしょ、オレのこと」

電話《でんわ》の着信《ちゃくしん》を見《み》て――それで？

「ざがじでぐれだの……？」

あのクールな弘光《ひろみつ》くんが。雨《あめ》の中《なか》、あたしをさがして走《はし》りまわってくれた。

「どうじで……？」

ぐずぐずと泣《な》き始《はじ》めたあたしを、弘光《ひろみつ》くんはじっと見《み》つめる。

「……もういいよ、はとりちゃん」

「……え？」

「余計《よけい》なこと考《かんが》えなくていい……それ以上傷《いじょうきず》つかなくていい」

そっと肩《かた》をひきよせられて——あたしはそのまま、弘光《ひろみつ》くんの胸《むね》に顔《かお》を埋《うず》めた。

「……ただオレだけを見《み》てればいいから」

「……どうして」

あたしは弘光《ひろみつ》くんにしがみつきながら聞《き》いた。

「どうしてそんなにしてくれるの……弘光《ひろみつ》くんほかに女《おんな》の子《こ》いっぱいいるでしょ……どうしてあたしなんかに……」

「どうしてだろうねー」

弘光《ひろみつ》くんは笑《わら》った。

「なーんでオレ、こんなことしてんだろって思《おも》うんだけどね……でも、はとりちゃんといると、楽《たの》しいんだよねー」

顔《かお》をあげて弘光《ひろみつ》くんを見《み》る。

弘光《ひろみつ》くんの顔《かお》も雨《あめ》でびしょびしょで、そのせいなのか、なんだか、ちょっと泣《な》いているように見《み》えた。

ああ——空《から》っぽになったあたしの心《こころ》が、弘光《ひろみつ》くんで埋《う》まっていく。

次《つぎ》の日《ひ》から——弘光《ひろみつ》くんは、あたしのそばにいつもいてくれるようになった。

まだちゃんと告白《こくはく》の返事《へんじ》をしていないのに、それでもいいよって。

学校《がっこう》では相変《あいか》わらず女《おんな》の子《こ》たちにモテまくりで、しょっちゅう声《こえ》をかけられ遊《あそ》びに誘《さそ》われてるんだけど、全部《ぜんぶ》ことわってくれてるんだよ！

あの超絶《ちょうぜつ》イケメンが！　学校《がっこう》一のモテ男《おとこ》が！


学校帰《がっこうがえ》りにファミレスいって、夜《よる》までだべったり！

ゲーセンで、ツーショットのプリクラ撮《と》ったり！

「はとりちゃんかわいーね！」

新《あたら》しい服《ふく》や髪型《かみがた》にしたときはかならずそう言《い》ってほめてくれるの！

彼氏《かれし》ができたらやりたいと思《おも》ってたこと、言《い》って欲《ほ》しいと思《おも》ってた言葉《ことば》。

全部全部《ぜんぶぜんぶ》、弘光《ひろみつ》くんがくれるの！

あたし——今《いま》、サイコーに少女漫画《しょうじょまんが》のヒロインしてない!?

利太《りた》と安達《あだち》さんはすっかりよりをもどして、相《あい》かわらずずーっとくっついてるけど、もう腹《はら》なんかたたないもん。

文化祭《ぶんかさい》、遠足《えんそく》、ハロウィン、クリスマス！

あたしも弘光《ひろみつ》くんと、ばーっちり楽《たの》しんじゃったもんね！

もうあたしの心《こころ》は、二万《まん》パーセント弘光《ひろみつ》くんのものなのよ！

「……って、あんた、でもまだちゃんと弘光《ひろみつ》くんに返事《へんじ》してないでしょーが」

年《とし》もかわって、三学期《がっき》が始《はじ》まったある日《ひ》の学食《がくしょく》で、おろかなる中島《なかじま》があたしに言《い》う。

「だーかーら！　サプライズ作戦《さくせん》を考《かんが》えたのよ！」

あたしは、表紙《ひょうし》に「**サプライズ作戦《さくせん》**」とデコりまくったノートと、修学旅行《しゅうがくりょこう》のしおりをいっしょに中島《なかじま》の目《め》の前《まえ》につき出《だ》した。

「……なんだよサプライズ作戦《さくせん》って」

「じつはぁ〜弘光《ひろみつ》くんのバースデー、修学旅行《しゅうがくりょこう》と重《かさ》なってんのよ！　だから、サプライズでお祝《いわ》いしようと思《おも》って！　プレゼントは『正式《せいしき》に彼女《かのじょ》になったあたし』みたいな！」

「……ふーん。いいんじゃない」

中島《なかじま》はあっさりうなずいた。

「あれ？　自信過剰《じしんかじょう》、とか、バカ、とか言《い》わないの？」

「あんたん中《なか》でちゃんと区切《くぎ》りがついたんならべつにいいんじゃない。もうあんたから、寺坂《てらさか》の話《はなし》聞《き》かなくてよくなるなら私《わたし》も助《たす》かるしさ。ぶっちゃけ寺坂《てらさか》には私《わたし》もあきれてるし。それに、弘光《ひろみつ》くんは、あんたにゃもったいないぐらい、いい人《ひと》だしね」

「そう。弘光《ひろみつ》くんはあたしの王子《おうじ》さま。あたしは弘光《ひろみつ》くんのヒロインだったのよ！」

「へぇ、そうなんだ」

はっ、とふりかえると、そこに、にこにこしながら弘光《ひろみつ》くんが立《た》っていた。

「サプライズ、楽《たの》しみにしてる」

耳元《みみもと》でささやく。はぁーんイイ声《こえ》……。

手《て》をふって去《さ》っていく弘光《ひろみつ》くんに手《て》をふりかえしてから、あたしはまた中島《なかじま》にむきなおった。

「さぁ！　サプライズ作戦《さくせん》を考《かんが》えるのだ！」

「いや、あんた、サプライズの意味《いみ》わかってる？」

「おろかなる中島《なかじま》よ。おまえはどこまでおろかなのだ……サプライズなんてものは形式美《けいしきび》ですよ。熱湯風呂《ねっとうぶろ》の『押《お》すな押《お》すな押《お》せよ』ですよ」

「はあ？」

待《ま》ってて弘光《ひろみつ》くん！

修学旅行《しゅうがくりょこう》で、あたしの気持《きも》ちをあげるからね！

13. なつかしい夕焼《ゆうや》け――はとり

「でたあ、木刀《ぼくとう》！」

あたしは、お土産《みやげ》コーナーの店先《みせさき》で思《おも》わず爆笑《ばくしょう》してしまった。

なんで観光地《かんこうち》って、どこでも木刀《ぼくとう》売《う》ってるんだろ！

あたしたちは、待《ま》ちに待《ま》った修学旅行《しゅうがくりょこう》の真《ま》っ最中《さいちゅう》。スキーを楽《たの》しんだあと、その近《ちか》くにあるテーマパークにやってきた。

スイスの街並《まちな》みを再現《さいげん》した、っていう、とってもきれいなところで、お土産《みやげ》コーナーもヨーロッパの雑貨屋《ざっかや》さんっぽくオシャレなのに、でもやっぱり木刀《ぼくとう》は売《う》ってて超笑《ちょうわら》える。

「ああ、小学校《しょうがっこう》のとき買《か》ったわ」

あたしが木刀《ぼくとう》ひきぬいてみせたら、弘光《ひろみつ》くんもおもしろそうに言《い》った。

「え、あたし中学《ちゅうがく》ンときも買《か》ったんだけど」

「マジで？　また買《か》う？」

ふたりでゲラゲラ笑《わら》う。

「……てか、弘光《ひろみつ》くんさ、なにかない？　欲《ほ》しいもの」

あたしが聞《き》くと、弘光《ひろみつ》くんはにんまり笑《わら》った。

「なに？　誕生日《たんじょうび》関係《かんけい》？　サプライズじゃなかったっけ？」

「それが……選《えら》べなくて」

あたしはうつむいて、もじもじと言《い》った。

「だって、弘光《ひろみつ》くん、なにあげたら喜《よろこ》んでくれるかわからなくって。でもあげるからには喜《よろこ》んでもらいたいじゃん？　で、グルグル考《かんが》えてるうちにわかんなくなっちゃって」

そしたら――弘光《ひろみつ》くんは、ふいに、あたしの目《め》の前《まえ》にスマートフォンを差《さ》し出《だ》した。

「ここ、いきたい」

「へ!?」

スマートフォンの画面《がめん》には、大《おお》きな観覧車《かんらんしゃ》の写真《しゃしん》がうつっていた。あー、これ、ちょっと前《まえ》にニュースで話題《わだい》になってた……そういえば、ここの近《ちか》くなんだっけ？

「夜《よる》、こっそりふたりで抜《ぬ》け出《だ》してさ」

弘光《ひろみつ》くんが耳元《みみもと》でささやく。うおおお……ドキドキ……恋人《こいびと》っぽい……。

「……そんなことでいいの……？」

あたしが聞《き》きかえすと、弘光《ひろみつ》くんはうなずいた。

「決《き》まりね」

「う、うん！」

あたしたちは見《み》つめあった。

すごい……ほんとうにあたし、今《いま》、サイコーにヒロイン。

王道《おうどう》ヒロインしてる。

やっぱ弘光《ひろみつ》くんだよ……もう利太《りた》なんかきれいさっぱり忘《わす》れてやる。

「わ、これかわいい！」

ふと、目《め》の前《まえ》にぶらさがっていた、犬《いぬ》のキーホルダーが目《め》についた。

いろんな種類《しゅるい》の犬《いぬ》があって、すっごくかわいい。

弘光《ひろみつ》くんが、その中《なか》から黒《くろ》いトイプードルのを手《て》に取《と》った。

「ね、これ買《か》いっこしない？　お互《たが》いの犬《いぬ》のやつ」

おおおー！　あたしもフレンチブルドッグをさがして、取《と》り外《はず》す。

「恋人《こいびと》っぽい！」

あたしは舞《ま》いあがって、弘光《ひろみつ》くんとふたりでレジにむかう。

「すいませーん、これくださーい」

レジ係《がかり》のおばさんが、笑《わら》いながらこっちをむいた。

「はーい」

「……!?」

あたしは——絶句《ぜっく》した。

この人《ひと》。このおばさん——あたし、あたし、知《し》ってる！

ずーっと昔《むかし》、見《み》たことある！

(……利《り》太《た》の、利《り》太《た》のお母《かあ》さん!?)

そうだ、まちがいない！　何回《なんかい》か小学校《しょうがっこう》の参観日《さんかんび》でも見《み》たし、利太《りた》の家《いえ》の戸棚《とだな》の奥《おく》にかくしてある家族《かぞく》の写真《しゃしん》にもうつってた。

十年前《ねんまえ》、利太《りた》を置《お》いて男《おとこ》の人《ひと》とかけおちしてしまった、利太《りた》のお母《かあ》さんだ！

あたしがかたまっていると、お土産《みやげ》コーナーの入《い》り口《ぐち》から、ランドセルを背負《せお》った男《おとこ》の子《こ》が入《はい》ってきた。多分小学校三年生《たぶんしょうがっこうさんねんせい》ぐらい。

「お母《かあ》さん、ただいまー」

「おかえりー」

レジのおばさんがにっこり笑《わら》う。え、この子《こ》、おばさんの子《こ》ども!?

はっとして見《み》ると、おばさんの左手《ひだりて》に、きらっと宝石《ほうせき》のついた指輪《ゆびわ》が光《ひか》った。

（……ダイヤ!?）

「お母《かあ》さん、ただいまー」

また声《こえ》がした。今度《こんど》はピカピカの一年生《ねんせい》って感《かん》じの女《おんな》の子《こ》がふたり！　顔《かお》そっくり！

双子《ふたご》!?

今気《いまき》づいた。レジのうしろの壁《かべ》にコルクボードがあって、そこに写真《しゃしん》がいっぱいピンでとめてあるんだけど――これって全部《ぜんぶ》おばさんの家族写真《かぞくしゃしん》じゃん!? この子《こ》たちと、おばさんと、知《し》らない男《おとこ》の人《ひと》が、にっこり笑顔《えがお》で――しかも背景《はいけい》はどう見《み》ても……。

(グアム!? なんだこの幸《しあわ》せ家族《かぞく》は!?)

あたしの頭《あたま》の中《なか》が、あっというまにあの日《ひ》にもどる。

あの、悪《わる》ガキにからかわれてイスをふりあげていた利《り》太《た》の顔《かお》が浮《う》かぶ。

(どうしよう、こんなん見《み》たら、利《り》太《た》どうなんの!? 泣《な》いちゃう!? キレちゃう!? 狂《くる》っちゃう!? 死《し》んじゃう!?)

そう思《おも》った瞬間《しゅんかん》――あたしの目《め》の端《はし》に、利《り》太《た》の横顔《よこがお》がうつった。安達《あだち》さんとふたり、店《みせ》に入《はい》ってきてるぅぅぅぅぅぅ!!

「うわぁぁぁぁぁ!?」

「えっ、なに!?」

あたしの絶叫《ぜっきょう》に弘光《ひろみつ》くんがびっくりして、手《て》にしていたキーホルダーをぽろりと落《お》とす。

うわ、どうしよう、店《みせ》で買《か》い物《もの》してた人《ひと》がみんなあたしを見《み》てる!

「あ、あの、あの! 今《いま》、今外《いまそと》に、テレビで見《み》たことある人《ひと》が! あの、お笑《わら》いの人《ひと》が!」

「えっ、だれ！」

「お笑《わら》い!?」

店中《みせじゅう》の人《ひと》がざわざわして、みんな入《い》り口《ぐち》のほうをむいた。外《そと》へ出《で》ていく人《ひと》もいた。

あたしはその中《なか》をかきわけて、利《り》太《た》に走《はし》りよる。

「ほら、利《り》太《た》も！」

「!?」

目《め》をむいた利《り》太《た》の手《て》をにぎって、あたしは外《そと》へと飛《と》び出《だ》した。

いろんな人《ひと》があたりできょろきょろしてるけど、もちろんそんな、芸能人《げいのうじん》なんかいやしない。

はあ、はあ。でもとにかく、利《り》太《た》とおばさんがはちあわせするのだけは避《さ》けられた。

よかった……。

「そろそろ、手《て》、はなしてもいいんじゃない？」

すうっと近《ちか》づいてきた弘光《ひろみつ》くんに言《い》われ、あたしはあわてた。うわっ、利《り》太《た》の手《て》、ずっとにぎったままだった！

「ごめんっ」

投《な》げるようにはなし、あたりを見《み》まわす。

「あれー、おかしいなー、ぜったい見《み》たと思《おも》ったのに～」

「だからだれをだよ」

いつの間《ま》にか近《ちか》くにいた中島《なかじま》がつっこんでくる。

「え、だから、お笑《わら》い系《けい》の――あれ？　俳優《はいゆう》だっけ？」

「どっちだよ！」

ぎゃあぎゃあとあたしと中島《なかじま》が言《い》いあっていると、急《きゅう》に、それまでだまっていた安達《あだち》さんが、ふらふらとしゃがみこんだ。

「安達《あだち》!?」

それまでぼんやり立《た》っていた利太《りた》が、あわてて安達《あだち》さんに駆《か》けよった。彼女《かのじょ》の肩《かた》を抱《だ》いてゆっくり立《た》たせる。

「また気分悪《きぶんわる》いのか？　どっか座《すわ》ろう」

「……うん、ごめんね……なんかずっと、体調悪《たいちょうわる》くて」

「いつも無理《むり》するなって言《い》ってんだろ」

ふたりはよりそいながら、さっきのお土産《みやげ》コーナーとは反対《はんたい》の方向《ほうこう》へ歩《ある》いていった。

「ふーん……安達《あだち》さん、なんか病気《びょうき》なのかね。そういや、最近《さいきん》やせたよね」

中島《なかじま》が言《い》う。弘光《ひろみつ》くんはなにも言《い》わず、あたしの肩《かた》を抱《だ》いた。


その日《ひ》の夕方《ゆうがた》。

あたしはホテルの部屋《へや》の洗面台《せんめんだい》の前《まえ》で、入念《にゅうねん》に髪《かみ》や化粧《けしょう》をチェックしていた。

これから、約束《やくそく》どおりホテルを抜《ぬ》け出《だ》して、弘光《ひろみつ》くんと観覧車《かんらんしゃ》にのりにいくのだ。

そして、ちゃんと返事《へんじ》をする。

あたしも、弘光《ひろみつ》くんが大好《だいす》き。正式《せいしき》に彼女《かのじょ》にしてください、って。

でも、どうしてだろう。なんだか気《き》が重《おも》い。

昼間《ひるま》、利太《りた》の手《て》をにぎった右手《みぎて》が——今《いま》も熱《あつ》いような気《き》がして。

「……いつまで鏡《かがみ》の前《まえ》につっ立《た》ってるつもり」

同《おな》じ部屋《へや》の中島《なかじま》が、あきれたようにドアの外《そと》から言《い》う。

「乙女心《おとめごころ》がわからんのか、このおろかもん！」

「誕生日《たんじょうび》の彼《かれ》を待《ま》たせてもいいの？」

「もういくって！」

あたしは、やっと決心《けっしん》して洗面所《せんめんじょ》を出《で》た。クツをはいてコートを着《き》て、部屋《へや》のドアをあける。うしろから、中島《なかじま》が言《い》った。

「……次《つぎ》あんたに会《あ》うときは『弘光《ひろみつ》くんの彼女《かのじょ》』になってるんだね」

「あははは、なんだそりゃ」

笑《わら》いながらドアをしめようとすると、中島《なかじま》が、もう一度《ど》あたしの名前《なまえ》を呼《よ》んだ。

「はとり」

「ん？」

「後悔《こうかい》ないようにね」

……なに言《い》ってんの。後悔《こうかい》なんて、するわけない。

あたしは廊下《ろうか》をずんずん歩《ある》き、エレベーターホールに立《た》つ。

「後悔《こうかい》なんて……」

エレベーターが止《と》まった。ドアがあいて、あたしはのりこむ。

「……!?」

中《なか》に、利太《りた》がいた。むこうもびっくりしている。

しまった、と思《おも》ったけどもう遅《おそ》い。ドアがしまって、エレベーターは下《さ》がりだした。

「…………」

気《き》まずい。じつに気《き》まずい。

でも、だまっているのも気持《きも》ち悪《わる》く、あたしはついに口《くち》をひらいた。

「……お、お元気《げんき》ですか」

「おう」

「……どちらへ？」

「安達《あだち》の部屋《へや》。まだ具合悪《ぐあいわる》いって……おまえは？」

あたしは一瞬《いっしゅん》言葉《ことば》に詰《つ》まったが、ほんとうのことを言《い》った。

「弘光《ひろみつ》くんのお誕生日祝《たんじょうびいわ》い」

「……そっか」

チーン、と音《おと》がして、エレベーターがとまった。利太《りた》がおりる階《かい》についたのだ。

ドアがあいた。

「わぁ！」

そのとたん、あたりが一瞬《いっしゅん》でオレンジに染《そ》まった。

真正面《ましょうめん》に大《おお》きな窓《まど》があって、そこにきれいな夕焼《ゆうや》けが広《ひろ》がっていた。

あたしは思《おも》わずエレベーターをおりて、窓《まど》に駆《か》けよった。うしろから利太《りた》もついてきた。

ふたりならんで、夕陽《ゆうひ》を見《み》つめる。

（……あ……この感《かん》じ……知《し》ってる……）

あたしたち、こうして何度《なんど》もいっしょに夕焼《ゆうや》けを見《み》たよね。

そう――あの、通学路《つうがくろ》の歩道橋《ほどうきょう》の上《うえ》から。

急《きゅう》に自分《じぶん》たちが、ランドセル背負《せお》った小学生《しょうがくせい》にもどったような気《き》がした。

「……似《に》てる」

ぽつんと利太《りた》が呟《つぶや》くのが聞《き》こえた。

もしかして、利太《りた》も思《おも》い出《だ》していた!?

あたしたちは、ふたり、じっと見《み》つめあった。

……でも。

もう遅《おそ》い、よね。

「……あ、えっと……じゃあ」

いくね、と利太《りた》に言《い》い、あたしはエレベーターにもどった。ボタンを押《お》すと、すぐにドアがあいた。のりこんで、ふりかえる。

「……バイバイ」

「……おう」

軽《かる》く手《て》をあげた利太《りた》が、ドアのむこうに消《き》えた。

14．もうそはつかない――利《り》太《た》&《アンド》はとり

利《り》太《た》

俺《おれ》は、はとりがいなくなってからもしばらくの間《あいだ》、夕陽《ゆうひ》のさすエレベーターホールに立《た》ちつくしていた。

さっき、ドアがしまる前《まえ》に、はとりの写真《しゃしん》を撮《と》ろうとしたけど、シャッターが一瞬《いっしゅん》遅《おそ》くて、うつっているのはただのエレベーターのドアだ。

指先《ゆびさき》でスマートフォンをなでると、俺《おれ》の撮《と》った写真《しゃしん》が次々《つぎつぎ》に流《なが》れていく。

空《そら》の雲《くも》。道《みち》ばたの猫《ねこ》。ビルにかかる満月《まんげつ》。空《あ》き缶《かん》。

その間《あいだ》にまじって、はとりの笑顔《えがお》。

町《まち》並《な》み。はとり。学校《がっこう》。はとり。花壇《かだん》の花《はな》。はとり。はとり。はとり。

――……なんでこんなにはとりの写真《しゃしん》があるんだ。
決《き》まってる。それは、あいつがずっと俺《おれ》のそばにいたから。
俺《おれ》の風景《ふうけい》の中《なか》に、いつもあいつがいたから。

でも、もう遅《おそ》い。
窓《まど》の外《そと》の夕陽《ゆうひ》は完全《かんぜん》に沈《しず》み、ゆっくりと暗《くら》くなってきていた。
俺《おれ》はスマートフォンをポケットにしまい、歩《ある》き出《だ》した。

安達《あだち》の部屋《へや》の前《まえ》に立《た》ち、ドアをノックする。
……でも、返事《へんじ》がない。
ノブに手《て》をかけると、鍵《かぎ》があいている。
中《なか》は真《ま》っ暗《くら》だった。寝《ね》ているのだろうか。
「安達《あだち》……？」
小声《こごえ》で名前《なまえ》を呼《よ》んで、そっと中《なか》に入《はい》る。と、だれかの声《こえ》がした。

「ね、ホントうざいよね、松崎《まつざき》さん」

だれだ。だれかが安達《あだち》と話《はなし》をしている。

「幼《おさな》なじみだからってなに？　人《ひと》のものに手《て》ェ出《だ》していいわけないじゃん。性格《せいかく》ブスすぎるし」

「……!?」

暗《くら》い部屋《へや》の中《なか》、安達《あだち》がベッドのはしに腰《こし》をかけているのが見《み》えた。よく見《み》えないが、むかい側《がわ》に同室《どうしつ》の女子《じょし》がいるのだろうか。しゃべっているのはそいつ？

「手《て》に入《はい》らないとわかったとたん、もう次《つぎ》の男《おとこ》のところにいっちゃったし……超尻軽《ちょうしりがる》だよね。寺坂《てらさか》くんにはつりあってないよ。そう、きっとキスもあの女《おんな》から……」

「**はとりのこと、悪《わる》く言《い》うな！**」

俺《おれ》は思《おも》わず部屋《へや》の中《なか》に飛《と》びこんだ。そのとたん、電気《でんき》がぱっと点《つ》いた。

「……!?」

「だれもいないよ」

安達《あだち》がふりかえって言《い》った。たしかに、そこにいるのは安達《あだち》だけだった。

「でも……今《いま》、声《こえ》が」

「あれ、私《わたし》。たまにね……こうやって、ひとりで、ガス抜《ぬ》きしてるんだ」

……じゃあ……今《いま》のは全部《ぜんぶ》、安達《あだち》のひとりごと……？

「ガッカリした？　でも、今《いま》のが本音《ほんね》だよ」

安達《あだち》はにっと笑《わら》った。

「もっとガッカリさせてあげようか。病気《びょうき》もウソ。仮病《けびょう》なの」

「……なに言《い》ってんだよ……」

立《た》ちあがって近《ちか》づいてくる安達《あだち》は、なんだかぜんぜんべつの女《おんな》のように思《おも》えた。

「寺坂《てらさか》くんをつなぎとめたくて、ウソついたんだ」

安達《あだち》は、俺《おれ》にむかって笑《わら》う。

「でも、もう疲《つか》れちゃった……寺坂《てらさか》くんを必死《ひっし》に捕《つか》まえてることにも、どんどんイヤなやつになってくのにも」

「……俺《おれ》のせいだ」

俺《おれ》は安達《あだち》の顔《かお》を見《み》ていられずにうつむいた。

「俺《おれ》がこんなんだから、安達《あだち》につらいことばっかさせちゃったんだろ」

そうだ。あんなに真面目《まじめ》で、まっすぐで、夢《ゆめ》にむかっていた安達《あだち》を。

「……俺《おれ》のせいでイヤな思《おも》いばっかりさせて」

「ちがう！　絶対《ぜったい》ちがう！」

急《きゅう》に、安達《あだち》が抱《だ》きついてきた。

「寺坂《てらさか》くんに出会《であ》わなかったら私《わたし》、ずっと人《ひと》の目《め》ばっかり気《き》にして、いい子《こ》ぶった偽善者《ぎぜんしゃ》で、恋《こい》がなんなのかもわからなかった」

それは、さっきまでの安達《あだち》とはちがう、でも、前《まえ》の安達《あだち》ともちがう。

「……ちゃんと言《い》って。前《まえ》に……そう、花火大会《はなびたいかい》の次《つぎ》の日《ひ》、私《わたし》に言《い》おうとしたこと」

そう言《い》って、じっと、俺《おれ》を見《み》あげる。

俺《おれ》は……覚悟《かくご》を決《き》めて、口《くち》をひらいた。

はとり

あたしが観覧車《かんらんしゃ》の前《まえ》に走《はし》ってきたとき、弘光《ひろみつ》くんはもうそこに立《た》っていた。

「ごめーん、待《ま》った？」

「ぜんぜん。抜《ぬ》け出《だ》すの、案外《あんがい》ラクショーだったね」

「うん」

弘光《ひろみつ》くんがあたしに手《て》をさし出《だ》す。あたしはその手《て》をそっとにぎった。

「じゃあ、いこう」

手《て》をつないで、観覧車《かんらんしゃ》へ歩《ある》き出《だ》す。

「うん」

胸《むね》の奥《おく》がちくっと痛《いた》んだ気《き》がしたけど、気《き》のせいだと思《おも》うことにした。

夜《よる》の観覧車《かんらんしゃ》はライトアップされてとってもきれいだ。

見《み》ている間《あいだ》に次々《つぎつぎ》に色《いろ》がかわる光《ひかり》の柱《はしら》に支《ささ》えられて、たくさんのゴンドラがゆっくり

ゆっくりとまわっている。

あたしたちは、そのうちのひとつにのりこんで、ぴったりくっついて腰《こし》をおろす。

ゆれながらのぼっていくゴンドラ。

窓《まど》の下《した》に、キラキラと夜景《やけい》が広《ひろ》がる。

なんども少女漫画《しょうじょまんが》で読《よ》んだ、夢《ゆめ》のような観覧車《かんらんしゃ》デート。

「……あ、そうだ、これ」

あたしは、ポケットからあるものを取《と》り出《だ》して、弘光《ひろみつ》くんに渡《わた》す。

それは、昼間《ひるま》にお土産《みやげ》コーナーで買《か》いそびれた、犬《いぬ》のキーホルダーだった。

「ホテルの売店《ばいてん》にも売《う》っててね……だから」

「ありがとう、はとりちゃん」

弘光《ひろみつ》くんはやさしくほほえんで——あたしの肩《かた》を抱《だ》きよせた。

顔《かお》が近《ちか》づいてくる。あたしは目《め》をとじる。

これでいい。これでいいんだ。

あたしは——弘光《ひろみつ》くんの彼女《かのじょ》になるんだ。

ヒロインに……なるんだ。


でも。弘光《ひろみつ》くんは、なぜか、いつまでたってもキスをしなかった。

そっとあたしを押《お》しはなすと、ゆっくり立《た》ちあがって、むかい側《がわ》の席《せき》へと移《うつ》ってしまう。

「弘光《ひろみつ》くん……？」

「はとりちゃん。正直《しょうじき》に自《じ》分《ぶん》の心《こころ》に従《したが》って……今《いま》、はとりちゃんの頭《あたま》に浮《う》かんでいるのはだれ？」

「……!?」

あたしは……あたしは、息《いき》をのんだ。

あたしの頭《あたま》に浮《う》かぶのは——お母《かあ》さんに捨《す》てられて泣《な》いていた男《おとこ》の子《こ》。

犬《いぬ》の名前《なまえ》をいっしょに考《かんが》えてくれた、小《ちい》さな男《おとこ》の子《こ》。

大雪《おおゆき》が降《ふ》った冬《ふゆ》、ふたりで小学校《しょうがっこう》の正門《せいもん》の前《まえ》に大《おお》きな大《おお》きな雪《ゆき》だるまをつくったら、だれも門《もん》を通《とお》れなくなって、先生《せんせい》におこられた。

男《おとこ》の子《こ》はあたしをかばってくれたが、うそをつくのがヘタで、よけいにおこられてしまった。

給食《きゅうしょく》のとき、男《おとこ》の子《こ》は嫌《きら》いなトマトを、いつもあたしのお皿《さら》に入《い》れた。

それは、ずっと、中学《ちゅうがく》になっても、高校《こうこう》になってもそうだった。

教室《きょうしつ》で。スマートフォンをいじってるあいつにチョッカイ出《だ》してはおこられて。

ふざけて抱《だ》きついたら、ものすごーくイヤな顔《かお》してたな。

でも――楽《たの》しかった。

あたし、ずっと――ずっとあいつのそばにいた。

あいつの背中《せなか》だけ見《み》ていた。

あたしはうつむく。もうガマンできなかった。

「あいつは……ひとりが好《す》きなくせにさびしがり屋《や》で、高《たか》い所《ところ》がバカみたいに好《す》きで……優柔不断《ゆうじゅうふだん》でフラフラしっぱなしだし……」

「……うん」

弘光《ひろみつ》くんは、さびしそうに、でもやさしくうなずいた。

ゴンドラはてっぺんを過《す》ぎて、ゆっくりゆっくり地上《ちじょう》へむかっておりていく。

あたしの、夢《ゆめ》のヒロインの時間《じかん》がおわる。

「……いつだって、あたしを地獄《じごく》に落《お》とすのはあいつで、そこからひきあげてくれるのは弘光《ひろみつ》くんなのに……」

あたし、弘光《ひろみつ》くんが好《す》き。好《す》き、なのに。

「消《き》えないの」

涙《なみだ》があふれてきた。

「あたしの心《こころ》から」

「**あたし――利太《りた》が好《す》きです**」

あたしは、ぐちゃぐちゃに泣《な》きながら、弘光《ひろみつ》くんにそう言《い》った。

利太《りた》

「**俺《おれ》は――はとりが好《す》きです**」

俺《おれ》はそう言《い》って、安達《あだち》に頭《あたま》をさげた。

「……あいつは……ずっと、子《こ》どものころから俺《おれ》にベタベタまとわりついて……思《おも》いこみはげしくて、バカで……」

思《おも》い出《だ》す。小学校《しょうがっこう》のころのこと。

公園《こうえん》で拾《ひろ》ったまんまるな石《いし》を、なにかの卵《たまご》だ！　って言《い》って、ふたりでいっしょにあたためたこととか。

中学《ちゅうがく》のとき、ムックが吐《は》いた！　死《し》んじゃう！　っておおさわぎして、いっしょに病院《びょういん》へいったら、ただの食《く》いすぎだったこととか。

「すぐ泣《な》くし、すぐおこるし、すぐパニクるし……」

助《たす》けてぇ、利太《りた》、って、何回聞《なんかいき》いたかな。

「昔《むかし》からトラブルばっか起《お》こすし、いっしょにいるとたまにいらつくけど……ほんとうは、どこのだれとでもすぐ仲《なか》よくなれるのに、俺《おれ》のことが必要《ひつよう》だとか言《い》って……」

そうだ。あいつはいつも明《あか》るくて、裏表《うらおもて》なくて――だから友《とも》だちは多《おお》かったのに。

利太《りた》、利太《りた》、って俺《おれ》にばっかり。

夏休《なつやす》みも、冬休《ふゆやす》みも、ほかのだれとも遊《あそ》ばずに、ずっと俺《おれ》の世話《せわ》を焼《や》いて。


夕焼《ゆうや》けの歩道橋《ほどうきょう》。

俺《おれ》の歩幅《ほはば》にあいつはついてこられなくて、いつも小走《こばし》りになってた。

足《あし》をとめると、うれしそうにおいついてきて――笑《わら》った。


安達《あだち》は泣《な》くのをこらえて、じっと聞《き》いている。

「安達《あだち》は——俺《おれ》みたいになにもない男《おとこ》に、俺《おれ》が必要《ひつよう》だって、俺《おれ》といることでかわれたって言《い》ってくれた……俺《おれ》、ほんとうにうれしかった」

だけど。

「だけど——消《き》えないんだ、あいつのことが。俺《おれ》の中《なか》から」

俺《おれ》はもういちど、安《あ》達《だち》に頭《あたま》をさげた。

「俺《おれ》と別《わか》れてください——最《さい》低《てい》なことしてごめん」

「ほんとうに最《さい》低《てい》だね」

安《あ》達《だち》は言《い》った。なにかをガマンしている声《こえ》だった。

「ごめん」

「……許《ゆる》さない。けど」

安《あ》達《だち》はゆっくりと俺《おれ》に背《せ》をむけた。

「いって……松崎《まつざき》さんのところに」

俺《おれ》は、もういちど安《あ》達《だち》に頭《あたま》をさげて——それから部屋《へや》を飛《と》び出《だ》した。

「ごめんなさい……ほんとごめんなさい」

ぐずぐずと泣《な》き出《だ》したあたしに、弘光《ひろみつ》くんはやさしく言《い》った。

「しょうがないよ……恋愛《れんあい》って理屈《りくつ》じゃないから」

ううう。もうダメ。なんでそんなにやさしいの。

なんであたしは、こんないい男《おとこ》をフッて、あんなバカのところへいこうとしてんの。

「あたし……絶対後悔《ぜったいこうかい》するよね……だから、弘光《ひろみつ》くん、あたしなんかが絶対《ぜったい》かなわないような人見《ひとみ》つけてね……あたしを死《し》ぬほど後悔《こうかい》させてね……」

弘光《ひろみつ》くんは、もういちどあたしのとなりに座《すわ》った。

そして、あたしの涙《なみだ》を指《ゆび》でぬぐってくれた。

「オレのこと、だれだと思《おも》ってんの？」

もうあたしは弘光《ひろみつ》くんの顔《かお》が見《み》られなかった。

ちょうど観覧車《かんらんしゃ》が地上《ちじょう》について、ドアがひらく。

「はとりちゃんを越《こ》えるような、すっげえ女《おんな》の子《こ》つかまえるから——心配《しんぱい》しないで」

弘光《ひろみつ》くんがあたしを押《お》し出《だ》した。あたしはそのまままっすぐ走《はし》り出《だ》す。

ふりかえらずに。まっすぐ。

利太《りた》

ふりかえらずに、まっすぐ。

廊下《ろうか》を走《はし》って、エレベーターに飛《と》びのる。

はとりの部屋《へや》はどこだっただろう。

いや、待《ま》てよ。あいつたしか、弘光《ひろみつ》とデートだって言《い》ってた。

じゃあ外《そと》か。

俺《おれ》は一階《いっかい》へおりた。ホテルのロビーへ飛《と》び出《だ》す。

ロビーには何人《なんにん》か、うちの学校《がっこう》の奴《やつ》らがいたが、かまってなどいられない。

俺《おれ》は、そのまま外《そと》へ駆《か》け出《だ》そうとした。

でも、そのとき。

「利《り》太《た》……？」

急《きゅう》に——すぐそばで俺《おれ》を呼《よ》ぶ声《こえ》がした。

大人《おとな》の女《おんな》の人《ひと》の声《こえ》。

なつかしい声《こえ》。

そこに——俺《おれ》の母《かあ》ちゃんが立《た》っていた。

15. ほんとうのヒロイン　――――　はとり

あたしは、息《いき》を切《き》らしながらホテルのロビーに飛《と》びこんだ。

そのへんにたむろしてたうちの学校《がっこう》の子《こ》たちが、いっせいにあたしを見《み》たけど、かまってられん。

利《り》太《た》、利《り》太《た》、利《り》太《た》はどこ！

まだ安達《あだち》さんの部屋《へや》か!?

「はとり!?　どうした!?　泣《な》いてんの!?」

中島《なかじま》がびっくりした顔《かお》でかけよってくる。

「ながでぃばぁぁぁぁぁ!!」

めっちゃ鼻詰《はなづ》まった声《こえ》が出《で》た。すすりあげてから中島《なかじま》につめよる。

「ねぇ、利《り》太《た》見《み》なかった!?」

「なんか、さっき、知《し》らないオバサンが会《あ》いにきてて――ふたりで出《で》ていっちゃったんだよね」

中島《なかじま》は外《そと》を指《ゆび》さしながら言《い》った。

お母《かあ》さんだ。

まちがいない――あの売店《ばいてん》で、やっぱり利太《りた》に気《き》づいたんだ。

「なぜとめぬ!?　おろかすぎだぞ中島《なかじま》！！！」

あたしは中島《なかじま》をつきはなし、走《はし》り出《だ》した。

中島《なかじま》の声《こえ》がうしろからおいかけてくる。

「はとり！　それがあんたの答《こた》え!?」

「――うん！」

一瞬《いっしゅん》だけふりかえってうなずく。中島《なかじま》が笑《わら》った。

あたしは、全速力《ぜんそくりょく》で走《はし》った。

（お母《かあ》さんとなんか会《あ》ったら、ただでさえ弱《よわ》い利《り》太《た》のハートが……！）

どこだ。どこにいるんだ！　今《いま》こそ働《はたら》けあたしの利《り》太《た》センサー！

こんなとき、あいつならどこにいく!?

そうだ。あの、高《たか》い所《ところ》が好《す》きな男《おとこ》なら――落《お》ちこんだときはきっと、どっか人《ひと》のいない、高《たか》いところに登《のぼ》るはず！

あたしは走《はし》りながら必《ひっ》死《し》で考《かんが》える。

(高《たか》いところ、高《たか》いところ――……)

急《きゅう》にひらめいた。

今《きょ》日《う》遊《あそ》んだテーマパークの広《ひろ》場《ば》に、小《ちい》さな塔《とう》があった！

ぜったいあそこだ！

必《ひっ》死《し》に走《はし》って走《はし》って、あたしはテーマパークの入《い》り口《ぐち》にたどりつく。

当《とう》然《ぜん》門《もん》はしまってたけど、かまわずのりこえる。

つくりもののスイスの、誰《だれ》もいない街《まち》並《な》みを、あたしは駆《か》け抜《ぬ》けた。

「……!!」

塔《とう》のある広《ひろ》場《ば》には、石《いし》畳《だたみ》の上《うえ》一《いち》面《めん》に、たくさんのキャンドルが置《お》かれていた。

全部《ぜんぶ》に火《ひ》が灯《とも》されて、ゆらゆらと揺《ゆ》れている。

なにかのイベントの準備《じゅんび》だろうか。それとも、だれかが今日《きょう》、ここで結婚式《けっこんしき》でもあげたのだろうか。

それは、とても幻想的《げんそうてき》な光景《こうけい》だったけど、正直《しょうじき》あたしは今《いま》それにかまってはいられなかった。

利太《りた》！　利太《りた》はどこ！

あたしはキャンドルの間《あいだ》をぬうようにしながら、塔《とう》に駆《か》けよった。

「いた！」

やっぱりいた！　とんがり帽子《ぼうし》の屋根《やね》がのっかったようなかわいらしい塔《とう》の上《うえ》、手《て》すりにもたれかかるようにして、利太《りた》がぼんやりと立《た》っている。

「利太《りた》！　利太《りた》ぁぁぁぁ！」

あたしはさけんだ。

どうしよう、なんだか、今《いま》にも飛《と》びおりそうに見《み》える！

「早《はや》まるなぁぁぁぁぁぁ!!」

ダッシュで塔《とう》へむかう。ずっと走《はし》ってきたのでうまく声《こえ》が出《で》ない。でもあたしは、利《り》太《た》の名前《なまえ》を呼《よ》びつづけた。

「利《り》太《た》があたしをきらいになってもいい！　安達《あだち》さんやほかの子《こ》を選《えら》んでもいい！　でもそれだけはダメ！　死《し》ぬのはぜったいダメぇぇぇぇぇぇぇ!!」

やっと塔《とう》の入《い》り口《ぐち》について、あたしは見《み》あげる。

「……!?」

利《り》太《た》の姿《すがた》が見《み》えない!!

そんな……!?　まさか、飛《と》びおりちゃった……!?

「利《り》太《た》ぁぁぁぁぁぁ!!」

あたしはその場《ば》にへなへなと座《すわ》りこんだ。

どうしよう、どうしよう!!

……ところが。

パシャ、と、うしろからシャッターの音《おと》。

ふりかえると——利《り》太《た》が立《た》っていた。

「り、利太《りた》……」

「そんなふうにさけばれてちゃ出《で》てきにくい」

「……まぎらわしいことすんな！　バカ！」

怒鳴《どな》りながらあたしはまた泣《な》いた。なんだよ腹立《はらた》つ！　でもよかった……!!

「いや、高《たか》いトコにいりゃ、おまえが見《み》つけてくれるかなって——ほんとうは、俺《おれ》がおまえを見《み》つけなきゃなんだけど」

「！！！！　**利太《りた》ぁぁぁぁぁ!!**」

あたしは立《た》ちあがり、利太《りた》に駆《か》けよった。抱《だ》きつこうとしたけど、いきなり利太《りた》の手《て》があたしの頭《あたま》をおさえた。

「!?!?」

「おまえ、母《かあ》ちゃんのこと気《き》づいてただろ」

利太《りた》に言《い》われて、あたしは目《め》をそらした。

「……うん」

「昼間《ひるま》におまえがお土産《みやげ》コーナーで、俺《おれ》の名前《なまえ》さけんだから気《き》づいたんだってさ」

そうだったのかー!!

「……会《あ》っちゃいましたか!?」

「うん——幸《しあわ》せに暮《く》らしてるって」

「……ショックでしたか!?」

「……いや」

利太《りた》はあたしの頭《あたま》から手《て》をはなした。

「そりゃショックはショックだったけど……思《おも》ってたよりぜんぜん平気《へいき》だった」

そう言《い》って、あたしをじっと見《み》つめる。

「……ひとりじゃないから」

「ふぇ?」

「俺《おれ》には、いつだって、はとりがいるから」

恥《は》ずかしそうに笑《わら》う利太《りた》を、あたしも見《み》つめた。

「……いいのか? 俺《おれ》、空《から》っぽで、おまえのことさんざん傷《きず》つけたし、憶病《おくびょう》もんだけど
……」

あたしは利太《りた》に抱《だ》きついた。いいよ！　いいに決《き》まってるじゃん！

「そんな利太《りた》が、あたしのヒーローなんだよ……！　世界《せかい》でたったひとりの！」

そうしたら、利太《りた》は、ぶふ、とふき出《だ》して、あたしをぎゅっと抱《だ》きしめた。

腕《うで》が、肩《かた》が、少《すこ》しふるえてる――泣《な》いてるのかもしれない。

「……へなちょこヒーローだな」

「……ヒロイン失格《しっかく》にはちょうどいいよ」

あたしも――泣《な》きながら笑《わら》った。


そして、あたしたちはキスをした。

ホントのホントの、恋人同士《こいびとどうし》のキスをした。

ずっと走《はし》ってきたせいか、なんだか力《ちから》が抜《ぬ》けて、あたしはその場《ば》にへたりこむ。

そしたらなぜか、利太《りた》もいっしょに座《すわ》りこんでしまって――あたしたちは、冷《つめ》たい石畳《いしだたみ》にごろんと寝転《ねころ》がった。

何百何千《なんびゃくなんぜん》ものキャンドルが、ゆらゆらゆれている。

空《そら》には星《ほし》がまたたいていた。

あたしたちは、いっぱいの光《ひかり》の中《なか》で、何度《なんど》も抱《だ》きあって、笑《わら》いあった。


すこーんと抜《ぬ》けたような青空《あおぞら》の下《もと》、あたしは学校《がっこう》への道《みち》を歩《ある》いていた。

まわりには、同《おな》じ学校《がっこう》の女《おんな》の子《こ》たちがたくさんいる。

あたしはちらり、ちらりと、その中《なか》の何人《なんにん》かに目《め》をやる。

今時《いまどき》めずらしい三《み》つ編《あ》みを肩《かた》に垂《た》らして、うつむいて歩《ある》いてるあの子《こ》は、多分《たぶん》、クラスでぜんぜん目立《めだ》たない脇役《わきやく》。

そのちょっと先《さき》で、友《とも》だちふたりを左右《さゆう》にしたがえ、げらげら笑《わら》っている派手目《はでめ》の子《こ》は、最初《さいしょ》ヒロインと敵対《てきたい》してるけど、途中《とちゅう》で意気投合《いきとうごう》して親友《しんゆう》になっちゃう中《ちゅう》ボス役《やく》とかかな。

あたしは、そんなことを考《かんが》えながら、ふふっ、と笑《わら》った。

でもさ……脇役《わきやく》だろうがなんだろうが、もうどうだってよくない？

あたし、わかったんだ。

みんな、みんな、世界《せかい》でたったひとりの、自分《じぶん》だけの物語《ものがたり》のヒロインなんだって。

「はとり！」

うしろから利太《りた》の声《こえ》がした。

「おう！」

あたしは笑顔《えがお》で返事《へんじ》をする。

あたしも――あたしもがんばるよ。

あたしの物語《ものがたり》のヒロインは、あたししかいないんだもん！

おまけ ――― 中島《なかじま》

どーも、中島《なかじま》です。

このたびめでたく？　はとりと利太《りた》がくっついたわけで、はいはいめでたいめでたい。

あれから、ふたりは完全《かんぜん》にバカップル状態《じょうたい》で、はとりは寺坂《てらさか》の家《いえ》にほとんど入《い》りびたりらしい。

新婚《しんこん》きどりでドへたくそな料理《りょうり》をふるまったり、マイ歯《は》ぶらしを洗面台《せんめんだい》に設置《せっち》したり、やりたい放題《ほうだい》のはとりと、まんざらでもない寺坂《てらさか》。

でも、ずっと幼《おさな》なじみで兄妹《きょうだい》みたいにやってきたから、いざふたりきりになっても、逆《ぎゃく》になにやっていいかわかんないんだとさ。

「どうしよう中島《なかじま》〜!!」

とか、まーた泣《な》きついてこられてるけど、よく毎回毎回《まいかいまいかい》くだらないことで悩《なや》めるよね。

ほんっと、どうなってんだか。

ちなみに、安達《あだち》さんのほうは、あれでなにかがふっきれたらしく、わりと明《あか》るい顔《かお》をしている。

コンタクトにして別人《べつじん》みたいにきれいになったし、メキシコ留学《りゅうがく》とかで自信《じしん》もついたんだろう。昔《むかし》はぜんぜん存在感《そんざいかん》なかったけど、最近《さいきん》は、同《おな》じようにまじめな男子《だんし》たちからは、一目置《いちもくお》かれているようだ。たまに、男《おとこ》の子《こ》と話《はな》しているのを見《み》かけることもある。

弘光《ひろみつ》くんは、あれからほんとうに、女《おんな》の子《こ》たちと遊《あそ》ぶのをぴたりとやめたらしい。

遊《あそ》ぼうって誘《さそ》われるたび、元《もと》カノを越《こ》えるコをさがしてるんだ、って答《こた》えてるんだって。

とんだ買《か》いかぶりだな！　はとりのどこがそんなに!?　って思《おも》うけどね。

――でも、まあ。

さんざんまわりをふりまわして、いろいろあったけどさ。

それで、結局《けっきょく》みんな幸《しあわ》せになったんだからよかったんじゃないの？

明日《あした》もあさっても、二人《ふたり》で力《ちから》を合《あ》わせて、迷《まよ》ってコケてまちがって、私《わたし》に泣《な》きついてくればいい。

なんだかんだで、「中島《なかじま》ーっ!!」って泣《な》きつかれるの、わりときらいじゃない。

なんて。私《わたし》もたいがいおひとよしだよね。

まあ――末永《すえなが》くお幸《しあわ》せに。

おわり

この本は、映画『ヒロイン失格』（二〇一五年九月公開／吉田恵里香
脚本／日本テレビ放送網作品）をもとにノベライズしたものです。
また、映画『ヒロイン失格』は、マーガレットコミックス『ヒロイン失格』
（幸田もも子／集英社）を原作として映画化されました。

集英社みらい文庫

ヒロイン失格《しっかく》

映画《えいが》ノベライズ みらい文庫版《ぶんこばん》

幸田《こうだ》もも子《こ》 原作
松田朱夏《まつだしゅか》 著
吉田恵里香《よしだえりか》 脚本

ファンレターのあて先
〒101-8050 東京都千代田区一ツ橋2-5-10 集英社みらい文庫編集部
いただいたお便りは編集部から先生におわたしいたします。

2015年 8月10日 第1刷発行
2019年 5月20日 第15刷発行

発行者 北畠輝幸
発行所 株式会社 集英社
〒101-8050 東京都千代田区一ツ橋2-5-10
電話 編集部 03-3230-6246
読者係 03-3230-6080
販売部 03-3230-6393（書店専用）
http://miraibunko.jp
装丁 片渕涼太（ma-h gra） 中島由佳理
印刷 大日本印刷株式会社 凸版印刷株式会社
製本 大日本印刷株式会社

ISBN978-4-08-321282-6 C8293 N.D.C.913 174P 18cm

「みらい文庫《ぶんこ》」読者《どくしゃ》のみなさんへ

言葉《ことば》を学《まな》ぶ、感性《かんせい》を磨《みが》く、創造力《そうぞうりょく》を育《はぐく》む……、読書《どくしょ》は「人間力《にんげんりょく》」を高《たか》めるために欠《か》かせません。たった一枚《いちまい》のページをめくる向《む》こう側《がわ》に、未知《みち》の世界《せかい》、ドキドキのみらいが無限《むげん》に広《ひろ》がっている。これこそが「本《ほん》」だけが持《も》っているパワーです。

学校《がっこう》の朝《あさ》の読書《どくしょ》に、休《やす》み時間《じかん》に、放課後《ほうかご》に……。いつでも、どこでも、すぐに続《つづ》きを読《よ》みたくなるような、魅力《みりょく》に溢《あふ》れる本《ほん》をたくさん揃《そろ》えていきたい。読書《どくしょ》がくれる、心《こころ》がきらきらしたり胸《むね》がきゅんとする瞬間《しゅんかん》を体験《たいけん》してほしい、楽《たの》しんでほしい。みらいの日本《にほん》、そして世界《せかい》を担《にな》うみなさんが、やがて大人《おとな》になった時《とき》、「読書《どくしょ》の魅力《みりょく》を初《はじ》めて知《し》った本《ほん》」「自分《じぶん》のおこづかいで初《はじ》めて買《か》った一冊《いっさつ》」と思《おも》い出《だ》してくれるような作品《さくひん》を一所懸命《いっしょけんめい》、大切《たいせつ》に創《つく》っていきたい。

そんないっぱいの想《おも》いを込《こ》めながら、作家《さっか》の先生方《せんせいがた》と一緒《いっしょ》に、私《わたし》たちは素敵《すてき》な本作《ほんづく》りを続《つづ》けていきます。「みらい文庫《ぶんこ》」は、無限《むげん》の宇宙《うちゅう》に浮《う》かぶ星《ほし》のように、夢《ゆめ》をたたえ輝《かがや》きながら、次々《つぎつぎ》と新《あたら》しく生《う》まれ続《つづ》けます。

本《ほん》を持《も》つ、その手《て》の中《なか》に、ドキドキするみらい――。

本《ほん》の宇宙《うちゅう》から、自分《じぶん》だけの健《すこ》やかな空想力《くうそうりょく》を育《そだ》て、〝みらいの星《ほし》〟をたくさん見《み》つけてください。

そして、大切《たいせつ》なこと、大切《たいせつ》な人《ひと》をきちんと守《まも》る、強《つよ》くて、やさしい大人《おとな》になってくれることを心《こころ》から願《ねが》っています。

2011年《ねん》　春《はる》

集英社《しゅうえいしゃ》みらい文庫《ぶんこ》編集部《へんしゅうぶ》